IMOGEN HOWE

Attirance

Traduit de l'américain par Philippe Rouard

ILLUSTRATIONS
DE RICHARD MARTENS

SPECTRES

HAUTE TENSION

L'ÉDITION ORIGINALE DE CE ROMAN A ÉTÉ PUBLIÉE
SOUS LE TITRE :
FATAL ATTRACTION
par Dell Publishing Co., Inc., New York, dans
la collection TWILIGHT™

79, boulevard Saint-Germain, 75006 Paris

CHAPITRE 1

Le temps semblait s'être trompé de saison. L'air était anormalement chaud, et toute la végétation, depuis les bourgeons des crocus et des marguerites jusqu'aux feuilles charnues des plantes grasses, donnait l'impression de croître à vue d'œil. On n'aurait été qu'à moitié surpris d'entendre le crépitement électrique de cette floraison soudaine.

« C'est bon la chaleur », se dit Janet en pédalant sur sa bicyclette derrière David et sa sœur jumelle Diane. « Tout de même, je trouve le temps bizarre, ou alors c'est moi qui ne suis pas dans mon assiette. »

Janet n'avait pas l'habitude d'être malade. Et voilà que la migraine la gagnait peu à peu. Mais le plus désagréable dans son malaise, c'était qu'il lui gâchait tout ce qu'elle aurait d'ordinaire apprécié de bon cœur. Ce temps superbe, par exemple, qui lui paraissait faux, malsain... et même hostile !

Peut-être manquait-elle d'exercice ; elle s'était sentie si confinée en classe aujourd'hui ! Elle respira à pleins poumons : la chaleur du soleil et l'air doux qui lui caressait le visage soulagèrent un peu sa tête endolorie.

Janet quitta la route à la suite de David et Diane, pour prendre le long chemin de terre qui conduisait à l'antique demeure où ses amis s'étaient installés un an plus tôt. C'était une belle architecture victorienne : haute de trois étages, surchargée de pignons, d'auvents, de fioritures, et flanquée d'une tour hexagonale percée de fenêtres sur chaque façade. La bâtisse avait une silhouette anachronique dans cette région rurale du Connecticut où la plupart des habitations sont modernes quand elles ne copient pas les maisons coloniales ou ces fermes du XVIIe siècle auxquelles on donnait le nom de saloirs, en raison de leur forme de boîte à sel. Un de ces vénérables saloirs, détruit par un incendie en 1850, s'était jadis dressé en ce lieu.

Le chemin de terre s'achevait par une boucle. Ils descendirent de leurs vélos et les appuyèrent contre le pilier de pierre de portail. David s'élança en courant dans l'allée. Il était d'une humeur exubérante malgré cette chaleur bizarre. Il franchit d'un bond les marches du porche, posa ses livres sur la balustrade et s'approcha sur la pointe des pieds de la porte d'entrée. Il s'immobilisa en une pose théâtrale, la main tendue derrière son oreille, les lèvres pincées.

« Chut ! fit-il par-dessus son épaule en roulant de grands yeux effrayés. Je crois entendre un fantôme ! »

Il garda la pose. La porte s'ouvrit : Cindy, la petite sœur des jumeaux, apparut. Elle était âgée de neuf ans, de même qu'Amy Gray, la sœur de Janet, qui la suivait en portant un plateau de gâteaux secs au chocolat. A l'odeur, on devinait qu'ils sortaient tout juste du four. « Tiens-toi tranquille, David », grogna Cindy en maintenant la porte ouverte pour qu'Amy pût passer sans encombre.

« Des biscuits ! Bravo, les mômes ! Comment avez-vous fait pour rentrer si tôt ? demanda Diane en piochant dans le plateau.

— La bouilloire a éclaté, alors ils nous ont renvoyées à la maison après le déjeuner, répondit Amy.

— Une bouilloire par une chaleur pareille ? s'étonna Janet.

— Amy m'a aidée à m'installer dans la tour pour l'été, déclara Cindy, sans relever la remarque.

— Déjà ? Mais cette température est exceptionnelle, vous savez. Il fera froid de nouveau, dit David.

— Et alors ? Je prendrai davantage de couvertures. »

Janet sourit à Cindy.

« Tu seras tout près des oiseaux, dans la tour », dit-elle en s'efforçant d'ignorer la douleur lancinante qui lui battait les tempes. Les biscuits sentaient si bon qu'elle y aurait volontiers goûté, mais cette seule idée lui donnait la nausée. Elle s'assit en haut des marches, enleva ses chaussures et ses bas, et s'appuya contre le pilastre en bois de la balustrade.

David recommença ses pitreries. Le regard fixe, les bras tendus en avant, il avança d'un pas raide. « Hum ! Ça sent le biscuit frais par ici ! » gronda-t-il d'une voix d'outre-tombe. « Ah ! » s'exclama-t-il en trébuchant sur Cindy, puis, la palpant à l'aveuglette : « Qu'est-ce que c'est que ça ? s'écria-t-il, du biscuit ou de la chair fraîche ? Pouah ! C'est de la petite fille. » Il la lâcha pour reprendre sa marche en direction d'Amy, qui gloussait en tenant le plateau serré contre elle. David tendit la main et plongea des doigts crochus dans le tas de biscuits. Il en saisit deux qu'il enfourna goulûment dans sa bouche tout en marmonnant : « Ahhh ! invisibles biscuits, préparés par les mains des ténèbres ! Sais-tu pourquoi je les aime tant, Amy ? C'est parce que je suis un fantôme, moi aussi ! » Il fit alors mine de l'étrangler.

Diane ne put s'empêcher d'éclater de rire en voyant une lueur de terreur passer dans les yeux de la fillette. Celle-ci se força à rire, mais jugea également préférable de s'éloigner de David et de mettre le plateau momentanément à l'abri de sa goinfrerie. Remarquant l'émoi de son amie, Cindy pointa un doigt accusateur vers David et déclara gravement :

« Ecoute, David. Il y a des choses dont tu ne devrais pas te moquer.

— Ah, oui ! c'est vrai, j'avais oublié, mon adorable petite sœur choisit depuis peu ses amis parmi les fantômes. J'espère que je n'ai pas insulté les autres membres de la grande famille des ombres. »

Cindy fronça les sourcils et ne répondit pas. Elle n'aimait pas que son frère se moquât d'elle ainsi, et particulièrement sur un sujet qui lui tenait au cœur. Mais comme elle était la plus jeune, elle se contenta de lui opposer un silence réprobateur.

« Oui, David, ne te moque pas d'elles comme ça, intervint Janet. Tu leur fais peur. »

Sans douter de la bonne intention de la jeune fille, Cindy jugea tout de même ces paroles un peu trop condescendantes à son goût.

« Tiens, voyez qui se réveille d'entre les morts ! fit remarquer David. On ne t'a pas beaucoup entendue aujourd'hui, Janet. Que se passe-t-il ? Mes blagues ne te font plus rire ? » David lui mit un biscuit sous le nez. « Un petit biscuit-fantôme, jeune fille ? »

Janet largua le gâteau, mais secoua la tête : « Non, merci. » David et elle se fréquentaient depuis bientôt une année, et ils avaient appris à bien se connaître. Cependant Janet se sentait dans un tel état ce jour-là que les plaisanteries de David ne faisaient qu'accroître sa migraine.

« Qu'est-ce qui ne va pas ? demanda-t-il en mordant dans le biscuit. Tu es malade ?

— Non, pas vraiment, mais j'ai mal à la tête, et je n'ai qu'une envie : rester assise sans rien faire.

— Tu ne te sens pas bien ? » s'étonna Diane.

Les sœurs Gray avaient la réputation de jouir d'une santé à toute épreuve.

« J'ai l'impression que mes cheveux me tirent la peau du crâne.

— Tu as ce qu'on appelle une migraine, déclara Diane. C'est assez banal, même si ça fait mal. Je vais te donner de l'aspirine, tu te sentiras beaucoup mieux ensuite. » Elle disparut dans la maison.

« Tes cheveux te tirent, tu disais ? » plaisanta David en venant s'accroupir derrière Janet et en soupesant dans sa main la longue tresse noire de la jeune fille. « C'est vrai, c'est lourd à porter. » Il la fit descendre d'une marche pour s'asseoir derrière elle et se mit à lui masser la nuque.

« Oh ! ça fait du bien.

— Pauvre bébé, murmura David. Seize ans et jamais eu le moindre bobo. Bienvenue chez les humains !

— Eh bien, dit Diane en revenant avec un comprimé d'aspirine et un verre d'eau, on a maintenant une raison supplémentaire de donner une fête. En l'honneur de ta première migraine !

— La première et la dernière, j'espère, soupira Janet en grimaçant pour avaler l'aspirine.

— Une fête ? demanda Cindy, pourquoi ?

— Ma foi, répondit Diane, pour l'anniversaire de David et le mien, même si c'était il y a trois semaines, et pour pendre la crémaillère. Ça, on aurait dû le faire un an plus tôt. On va bien s'amuser ! Nous avons beaucoup d'amis qui n'ont pas encore vu la maison, du moins depuis que nous y sommes.

— Super ! s'exclama Cindy. Il y en aura peut-être qui se souviendront des Dexter. Mme Wiggins, à la bibliothèque, m'a dit que tous les gosses de la ville venaient leur rendre visite.

— Alors, quel jour choisissons-nous ? Inutile d'attendre plus longtemps, lança David.

— Que pensez-vous du premier samedi des vacances de Pâques ? proposa Diane. C'est dans deux semaines, juste avant notre départ pour Washington.

— A propos, Janet, intervint Cindy. Est-ce que mon père t'a demandé si tu pourrais arroser les plantes pendant notre absence ?

— Oui, et je lui ai répondu que ce serait avec plaisir. »

Mais, ce disant, Janet s'inquiétait. Retrouverait-elle jamais les forces pour le faire.

« C'est parfait, approuva David. Qui inviterons-nous ? Toute la classe ? »

Janet, qui observait le vol paresseux d'une guêpe le long de l'auvent du porche, éprouva une nouvelle douleur aux tempes.

« Et n'oublie pas d'inviter tes amis fantômes, recommanda David à Cindy en ricanant. Nous ne voudrions pas leur faire de la peine, n'est-ce pas ? »

David faisait allusion à Clayton et Catherine Dexter, les anciens propriétaires de la maison. Clay et Cathy étaient jumeaux, comme David et Diane. Nés en 1888 dans cette même demeure, ils y avaient vécu toute leur vie. Clayton était encore un jeune homme quand il se fiança à une très belle jeune fille, mais celle-ci mourut de façon soudaine et mystérieuse. Après sa mort, les jumeaux ne se montrèrent plus jamais en public. Ils se retirèrent dans leur maison et se consacrèrent à l'étude des plantes et des oiseaux.

« Les fantômes éprouveraient-ils des sentiments ? demanda Diane, incrédule.

— Quelle question ! » répliqua Cindy. Il y avait des jours où elle trouvait sa sœur franchement stupide. « Ils savent capter nos sentiments et gardent les leurs !

— J'ai déjà entendu cette théorie, dit David. Comment fais-tu pour savoir tant de choses sur les fantômes ? Clay et Cathy communiquent-ils avec toi ? »

Cindy toisa son frère d'un air pincé. Depuis un an, elle se passionnait pour Cathy et Clay. Ces derniers mois, elle avait beaucoup appris à leur sujet en lisant leur journal. Les jumeaux ne s'étaient jamais tellement intéressés à la vie sociale ou politique, mais ils paraissaient avoir aimé les enfants. Clay parlait dans son journal de ces belles journées de printemps, où ils les emmenaient en promenade dans les bois pour y observer les oiseaux ou collecter des herbes. En hiver, de nombreux gamins prenaient le chemin de terre long d'un demi-mille qui les conduisait à travers la campagne jusqu'à la maison, pour venir frapper à la porte de la cuisine. Une fois à l'intérieur, ils se revigoraient en avalant un grand chocolat chaud. Ensuite, rassemblés autour du poêle à bois, ils écoutaient les histoires que leur contaient les jumeaux, pendant que la neige s'égouttait de leurs bottes et formait des flaques sur le parquet de chêne.

D'après le journal, la dernière visite, le jour d'Hallowen — la veille de la Toussaint —, se faisait toujours à la demeure des Dexter. Chaque année, trois ou quatre bandes de sorcières, de cow-boys, de squelettes et autres gorilles cheminaient le long de l'allée sombre en direction des deux lampions allumés en haut des piliers du portail. En retrait, se dressait la haute silhouette de la maison, bastion lugubre que gardaient de grands arbres dont les ramures dénudées se découpaient sur le ciel.

Passé les lampions, l'obscurité aurait été totale sans la lueur du foyer qui éclairait la fenêtre du salon. Mais le plus mystérieux était encore ce troisième lampion qui se consumait, solitaire, dans la tour. Sitôt qu'ils l'apercevaient, les enfants se serraient les uns contre les autres et, soudés en un seul corps, gravissaient les marches du perron. Au bout d'un moment, une main plus audacieuse que les autres frappait à la grande porte. Elle s'ouvrait en grinçant, et un soupir de soulagement poussé par plusieurs petites bouches accueillait, au lieu des spectres auxquels ils s'attendaient, leurs vieux amis en personne. Après une collecte de pommes, de gâteaux, de sucreries et de quelques pennies, les enfants remettaient leurs masques et repartaient en troupe compacte dans la nuit.

« Pourquoi était-il apparemment plus terrifiant de s'éloigner de la maison des Dexter que de s'en approcher ? » se demandait Cindy.

« Les Dexter formaient sûrement un couple étrange, remarqua pensivement Janet. Il y avait un tel mystère autour d'eux qu'il suscitait la méfiance, surtout chez les personnes âgées, mais tout le monde reconnaissait qu'ils étaient gentils pour les enfants. »

Cindy se dit que Janet avait dû lire dans ses pensées.

« Si seulement nous pouvions retrouver la suite de leur journal ! lança-t-elle.

— Oh, non, vous n'allez pas recommencer avec ça ! » grogna David d'un ton plaintif.

Cindy lui jeta de nouveau un regard de reproche. Elle s'était intéressée au cas Dexter dès le début de leur emménagement. La maison n'était que vide et silence depuis quatre ans, quand les Sperry l'avaient achetée. Clay et Catherine Dexter étaient morts par une nuit glacée de novembre, à deux jours d'intervalle l'un de l'autre. La propriété avait été léguée à un neveu qui, quatre ans après leur mort, décida de s'en débarrasser. Les Sperry en avaient eu connaissance par Calvin Armstrong, un agent immobilier de la région.

« Tu te rappelles l'histoire que ton père nous a racontée au sujet du premier agent immobilier à qui ils ont demandé de leur montrer la maison ? » dit Janet avec un petit rire, en touchant le bras de David. Cindy eut un léger tressaillement de surprise. C'était la deuxième fois que Janet pensait à la même chose qu'elle.

David et Diane éclatèrent de rire à ce souvenir.

« Oh, oui ! papa disait que le pauvre type semblait avoir vieilli de trente ans d'un seul coup. C'est seulement quand M. Armstrong lui a parlé des "fantômes" que papa a compris pourquoi l'autre agent avait eu cet air paniqué.

— Le mystère... des Dexter... ! déclama Diane en traînant sur les rimes comme pour imiter la plainte du vent.

— Quand même, vous devez admettre, remarqua Cindy d'une voix posée, que la mort de la fiancée de Clay reste un mystère.

— C'est vrai », renchérit Amy.

Janet hocha la tête. Comme bien des enfants du pays, elle connaissait depuis longtemps l'histoire de la famille Dexter. En 1906, peu de temps avant Noël, les parents des jumeaux avaient engagé une jeune femme, une orpheline nommée Margery Smith, pour servir de gouvernante à leurs plus jeunes enfants. On pensa dans le pays que Margery et Clayton, qui était alors un robuste garçon de dix-huit ans, se fianceraient tôt ou tard. Mais au mois de mai, Clayton fit la connaissance de Vera McNulty et devint amoureux d'elle. La veille de leurs fiançailles, la jeune fille tomba subitement malade et mourut dans la nuit, tandis que Margery se jetait par l'une des fenêtres de la tour. Personne ne sut jamais expliquer ce double drame.

« Où est passée la dernière partie du journal ? demanda Janet à Cindy.

— Je ne sais pas. J'ai toujours les deux premiers volumes, mais le troisième reste introuvable. Et c'est sûrement celui où se cache la clé du mystère !

— J'aimerais bien qu'on le retrouve, dit Amy. Tout le monde aimerait savoir...

— Tout le monde ? l'interrompirent en chœur David et Diane en riant. Parle pour toi, ma petite, ajouta David.

— Pour ma part, j'ai des choses plus importantes à faire », dit Diane. Elle entra dans la maison, laissant David et Janet avec Amy et Cindy.

Cindy soupira et secoua la tête. Seule Janet ne se moquait pas d'elle. Toutefois, personne n'était surpris de la voir se passionner pour des histoires de fantômes, car c'était une enfant imaginative et friande d'aventures extraordinaires. N'empêche que David et Diane avaient fait un sujet de plaisanterie des conversations fabuleuses que Cindy affirmait entretenir avec les défunts jumeaux.

« Je crois qu'on devrait remercier cette vieille chouette de Mme Wiggins de t'avoir embarquée dans toutes ces bêtises, railla David en grimaçant pour imiter le visage de la bibliothécaire du collège.

— Elle m'a beaucoup aidée, David », rétorqua Cindy.

Lorsque Mme Wiggins avait découvert l'intérêt de Cindy pour la tragédie qui avait frappé les Dexter, c'est elle qui lui avait procuré les vieux cahiers reliés de cuir qui contenaient le journal intime que Clayton Dexter avait tenu depuis l'âge de quatorze ans jusqu'à sa mort. Mme Wiggins en avait reçu la garde par testament. Elle avait aussi montré à la fillette un portrait de Vera que Cathy avait peint. Cindy avait été fascinée par l'énergie qui se dégageait du beau et noble visage.

« Mme Wiggins m'a dit, poursuivit Cindy, qu'elle était sûre que Clayton m'aurait aimée et qu'il aurait voulu que je garde ses cahiers.

— J'aimerais tant savoir où se trouve le dernier ! soupira Amy.

— Moi aussi, affirma Cindy. Mme Wiggins dit qu'il n'était pas avec les autres quand elle est venue les prendre. Elle a regardé partout dans la maison. Elle suppose que Clayton a dû le brûler.

— Je parierais qu'il est quelque part ici », dit Janet.

Au même instant, Diane passa la tête par la porte entrebâillée :

« Est-ce que quelqu'un a aperçu mon cahier de sciences ? Je l'avais posé sur la table dans le couloir. »

David se redressa, hilare.

« C'est un coup des Dexter ! Ils te l'ont chipé juste sous tes yeux.

— Comme c'est drôle ! railla Cindy.

— J'ai hâte de savoir comment tes fantômes d'amis vont se comporter à notre fête, reprit David. Même si nous le voulions, nous ne pourrions pas leur fermer la porte au nez.

— Faux, dit Diane. J'ai entendu dire que pour se débarrasser d'un fantôme, il suffisait de placer dehors un bol de lait chaud. C'est vrai, Cindy ?

— En ce qui me concerne, intervint Janet, je préférerais un bol de cognac flambé. »

Cindy fut la seule à ne pas rire.

« Viens, dit-elle à Amy, que cela n'amusait guère plus. Montons dans ma chambre.

— Euh... il fait si bon dehors. Tu ne préfères pas faire de la balançoire ?

— Mais je croyais que tu voulais savoir si...

— Non, vas-y toi-même. » Amy semblait très nerveuse, tout à coup. « Je vais voir si Sue et Jimmy sont chez eux, ajouta-t-elle presque en criant.

— Hé, vous deux ! dit Janet. Si vous avez envie de vous disputer, allez le faire ailleurs. Je ne suis pas en état de vous entendre. »

Le téléphone sonna. Cindy courut répondre. L'instant d'après, elle appelait David, puis montait l'escalier en courant.

A contrecœur, David se leva et disparut à son tour dans la maison. Quand il revint, il avait l'air embarrassé.

« Qui c'était ? demanda Diane.

— Oh ! cette nouvelle, je ne me rappelle plus son nom, répondit-il, évasif.

— Mirella ? Qu'est-ce qu'elle voulait ?

— Elle m'a dit qu'elle avait perdu le sujet de son devoir de français », continua-t-il d'une voix traînante. Il paraissait confus. Son regard avait une expression lointaine et voilée. Il se rassit en haut des marches à côté de Janet, ses coudes sur les genoux, son menton appuyé sur ses mains jointes.

Janet et Diane échangèrent un regard complice.

« Et elle est chez elle en train de bosser quand il fait si beau dehors ? s'enquit Janet, sans pouvoir s'empêcher de prendre un ton sarcastique.

— Elle me donne la chair de poule, cette fille, dit Diane.

— Et moi, la migraine, renchérit Janet.

— C'est idiot, protesta David. Vous ne la connaissez même pas ! Elle vient d'arriver et elle est timide. Elle a besoin d'un peu d'aide, c'est tout.

— Timide, mon œil, dit Diane.

— Tu n'as peut-être pas tort », admit Janet en se tournant vers David. Secrètement, elle était d'accord avec Diane, mais elle ne voulait pas se montrer jalouse sans raison. Elle eut un sourire et passa sa main dans les cheveux bouclés du garçon.

Ils entendirent alors Cindy qui dévalait l'escalier. Elle surgit sous le porche, l'air radieux :

« Hé, Amy ! on va se balancer ? »

Amy, penchée sur une colonne de fourmis qu'elle essayait de détourner avec une brindille, se releva d'un bond.

« Oh, oui !

— Ne rentre pas tard pour le dîner, Amy, recommanda Janet d'une voix anormalement faible.

— Je ne suis jamais en retard », lança la fillette par-dessus son épaule, tout en courant après Cindy.

Janet tendit la main derrière elle, trouva ses chaussures et ses bas et commença de les enfiler.

« Ne t'en va pas encore, la pria Diane.

— Il le faut. Je ne me sens vraiment pas bien. »

Elle se leva. David se leva aussi et passa son bras autour de ses épaules :

« Je t'accompagne jusqu'à la route.

— Je me sens si mal tout d'un coup... murmura Janet tandis qu'ils descendaient l'allée. Jamais je n'ai été dans un état pareil... »

CHAPITRE 2

Janet descendait en roue libre la route vallonnée qui, deux milles plus loin, la menait jusque chez elle. Les roues de sa bicyclette fendaient les plaques de neige fondue parsemant la chaussée.

Elle contemplait le paysage, émerveillée par cette soudaine poussée de la végétation. A cette époque de l'année, songea-t-elle, les plantes devraient savoir qu'il leur faut encore baisser la tête pour ne pas la perdre sous le sabre des gelées de mars. De toute façon, il n'y avait pas de souci à se faire en la matière : l'herbe repoussait toujours. « Je ne devrais plus ignorer cela, après toutes ces longues conversations avec David. » Elle sourit au souvenir de la première du genre qu'ils avaient eue l'été dernier...

Ils étaient allés à leur coin favori près du ruisseau : l'eau y dévale le long d'un rocher lisse au pied duquel elle forme un petit bassin, idéal pour s'y rafraîchir les pieds. Mais il n'était pas tombé une seule goutte de pluie depuis plusieurs semaines et, ce jour-là, la pierre était sèche et il y avait au fond du bassin une plaque de boue durcie et craquelée.

Ils s'étaient assis sur la berge. L'air s'avérait chaud, sans un souffle de vent.

« Regarde-moi ça ! s'était exclamé David. Ces bois sont complètement desséchés. L'eau manque dans les réservoirs. Les pelouses crissent sous les pieds comme des flocons d'avoine. Papa se désespère pour ses plants de tomates. Les journaux ne parlent que de sécheresse. C'est tout juste si les gens ne craignent pas de mourir de soif. Ça me fout vraiment en rogne !

— Pourquoi ?

— Ecoute, chaque année il y a une “calamité” quelconque. Cette fois, c'est la sécheresse, l'an dernier, c'étaient les chenilles, l'an prochain, ce seront les inondations. Mais tout finit toujours par s'arranger, qu'on s'inquiète ou pas. Pourquoi les gens ne comprennent-ils pas cela, au lieu de s'arracher les cheveux pour un oui ou pour un non ?

— David, j'admets que la vie peut reprendre facilement après une période comme celle-ci, mais il y a eu des précédents dramatiques. En Oklahoma par exemple. Et que penser des éruptions volcaniques, des famines, des guerres ? De l'Holocauste de cette dernière guerre ? Des millions de gens exterminés ou marqués pour le restant de leurs jours ? Comment peut-on prétendre que nous nous alarmons pour un rien ? »

David la regarda, une lueur d'irritation dans ses yeux verts.

« Je n'ai pas dit que nous étions à l'abri de l'horreur, reprit-il calmement. Hélas ! ce ne sont pas les tragédies qui manquent. Je soutiens seulement que dramatiser les choses n'a jamais fait que les compliquer. La vie est indestructible. Oh ! Il y a des coups durs, bien sûr, mais la vie finit toujours par triompher. Pourquoi les gens ne lui font-ils pas confiance, une bonne fois pour toutes ? »

Janet l'avait longuement regardé. Ils avaient fait connaissance quelques semaines plus tôt et commençaient seulement de découvrir les raisons de leur attirance. En réalité, pensa alors Janet, nous avons les mêmes idées. Mais, à cette différence près, jamais Janet n'oserait les formuler en public. Comment prétendre, par exemple, que la vie est indestructible sans risquer de voir rire l'entourage ?

David était-il le compagnon qu'elle avait toujours désiré, celui qui partagerait ses espoirs les plus secrets ? s'était-elle demandé. Elle chercha à s'en assurer prudemment en exprimant ses propres doutes.

« Je ne sais pas, dit-elle. C'est très bien de dire que la *vie* ne peut pas être détruite, mais qu'est-ce que cela change pour *moi ?* J'aimerais vivre éternellement. Bien sûr, les feuilles meurent et tombent, et il en naît de nouvelles au printemps suivant. Mais cela ne change en rien le sort de celles qui sont tombées. Si je meurs, et qu'au même instant un bébé vienne au monde, tu peux dire “Bravo ! Voyez comme la vie continue !”, mais ce bébé, ne sera pas *moi !*

— C’est là, la question ! Et si c’était *toi,* ta propre vie qui se perpétuait en ce nouveau bébé ? Et si la jeune feuille verte que nous voyons pousser au printemps *était* la même feuille brunie à l’automne, mais sous une nouvelle apparence ? »

Janet frissonna malgré la chaleur.

« N’as-tu jamais eu le sentiment que tu avais déjà vécu auparavant ? continua David d’une voix sourde et passionnée.

— Si ! » s’écria Janet avec le même enthousiasme.

Une suite d’images et de bruits défilèrent comme ceux d’un film, à toute vitesse, dans son esprit. Une allée poussiéreuse flanquée de huttes écrasées sous le soleil, quelque part en Afrique du Sud... Une isba aux couleurs criardes, au bord d’un champ de blé en Russie... des planchers rustiques sous ses pieds, des odeurs de sueur, le bruit d’une joute à l’arme blanche, les rires caverneux d’hommes rudes... Elle voyait tout cela dans les yeux de David et bien plus encore : elle y voyait danser la flamme d’un amour éternel. Janet avait conscience que David avait vécu ces scènes, qu’ils avaient traversé — ensemble — de nombreuses vies, et qu’ils seraient toujours réunis, tels des compagnons des futures existences à venir. Son visage s’illumina d’un sourire radieux. Il se pencha vers elle et l’embrassa.

« Nous ne mourons pas, dit-elle. Nous vivons chacune de nos vies aussi bien que nous le pouvons, et quand le corps que nous habitons approche de sa fin, nous le laissons disparaître pour entrer dans un autre en vue d’une nouvelle existence. Nous n’avons pas à craindre d'être séparés, car nous nous retrouverons toujours, sous une forme ou sous une autre. »

David approuva. Côte à côte, allongés sur le dos, ils avaient contemplé les ramures et David poursuivit :

« Et tu sais, les plantes le savent. Il leur importe peu de mourir chaque année, ou même d'être la proie des chenilles dès les premiers jours de printemps.

— Crois-tu vraiment que les plantes soient conscientes d'elles-mêmes, comme nous ?

— Absolument ! Pourquoi pas ? » Il regarda tristement la brindille qu'il tenait dans sa main. « Les plantes, les rochers, les insectes... *tout !* Nous traitons les autres créatures comme des objets parce qu'elles nous apparaissent différentes de nous et aussi parce que nous ne savons pas comment communiquer avec elles. N'empêche qu'elles nous ressemblent. Ce sont des individus conscients et sensibles. Ils doivent avoir le même désir de vie éternelle, à cette différence qu'ils ne se contentent pas d'espérer : ils *savent.* C'est pourquoi ils ne s'inquiètent pas à l'approche de la mort. Ils ne luttent ni ne prennent de médicaments, comme nous le faisons.

— Tu sais ce que je pense ? dit-elle... que si le mal — ou ce qu'on appelle le diable — existe, il doit son existence même à la peur de la mort, à la pensée qu'avec le corps, l'âme meurt aussi. Quand on croit cela, on veut préserver son corps à tout prix alors que c'est une lutte perdue d'avance. »

Elle resta un moment silencieuse, puis ajouta :

« C'est comme si la flamme d'une bougie voulait ressusciter cette cire qui vient de fondre ! »

La comparaison les fit rire.

« L'univers ne fonctionne pas ainsi, reprit-elle. Les

gens se désespèrent, et c'est le désespoir qui les pousse à faire le mal.

— L'ennui, dit David, c'est que la plupart n'osent même pas croire qu'ils ont une âme. » Il eut un rire moqueur. « Il devrait y avoir un cours de réincarnation dans chaque collège.

— Ah ! s'exclama Janet. Quelle Révolution ! »

*

* *

Après cette conversation Janet crut qu'elle n'aurait plus jamais peur et qu'elle garderait toujours ce profond sentiment de confiance qu'elle venait d'étrenner. Pourtant elle le perdit. Elle n'oublia pas ce que David et elle s'étaient confié l'un à l'autre, et lui non plus. C'était leur découverte secrète, leur lien. Mais la magie, la spontanéité qui avaient jailli en cet après-midi d'été, ne furent bientôt plus qu'un souvenir. Elle s'inquiéta de nouveau au sujet de ses études, de la guerre, de son avenir, comme elle l'avait toujours fait.

C'est ainsi que, tandis qu'elle pédalait vers chez elle, elle s'exhortait à ne pas s'inquiéter des conséquences d'une chaleur anormale pour la saison. Même si le froid revenait, ses amies les plantes s'en accommoderaient.

Mais elle avait du mal à croire en elle-même. C'était comme si la pièce d'un puzzle qu'elle avait cru placer correctement avait brusquement disparu pour ne laisser qu'un trou béant par lequel s'infiltraient des doutes inexplicables. Pouvait-elle prétendre que tout allait pour le mieux parce que jusque-là sa vie s'était passée sans le moindre incident ?

Les Gray habitaient une maison de style colonial

dans l'un des quartiers les plus anciens et les plus spacieux de l'agglomération. A son arrivée, Janet espéra trouver sa mère en train de travailler dans son studio de photographie, mais les projecteurs étaient éteints, la radio silencieuse. « Maman a dû sortir pour profiter de cette lumière d'été », pensa Janet. Il n'y avait personne d'autre à la maison. Elle monta lentement dans sa chambre et ferma la porte derrière elle.

Elle posa ses livres de classe sur son bureau, en se disant qu'elle devrait étudier un moment avant l'heure du dîner, mais elle se sentait étrangement fatiguée. Elle espéra retrouver un peu d'énergie en s'allongeant quelques minutes sur son lit.

Sa tête venait à peine de toucher le traversin qu'une douleur soudaine lui battit les tempes. Elle ferma les yeux. Bientôt le plus inquiétant des cauchemars s'emparait d'elle.

Une légion de visions lugubres se mit à ramper vers elle dans un brouhaha de ricanements. Elle recula, mais les images continuèrent d'avancer, et elle de reculer... jusqu'à se retrouver acculée contre la paroi de son propre crâne ! « ARRÊTEZ ! » hurla-t-elle mentalement.

Quand elle rouvrit les yeux, le soleil de l'après-midi la blessa cruellement et raviva sa migraine. Elle gémit. Il lui semblait qu'il n'y aurait aucune issue. Elle tira à elle un coin du dessus-de-lit de coton blanc et s'en couvrit le front et les yeux comme d'un bandage. Il filtra la lumière, et elle put garder les paupières baissées, attentive à ne pas se laisser retomber dans ses songes éveillés. Mais peu à peu, elle glissa dans une rêverie profonde.

Elle se retrouva, gisant, au fond d'une petite embarcation blanche amarrée à un ponton de bois au bord d'un lac. L'eau était d'un vert sombre, visqueuse, agitée d'une houle anormale pour une aussi petite étendue. Sa tête toujours aussi douloureuse se balançait au rythme du roulis qui agitait le canot. Elle se raccrochait à l'idée qu'elle serait sauve tant que celui-ci ne romprait pas son amarre, pour dériver au milieu du lac.

Dans sa rêverie, proche de l'hypnose, elle entendit successivement les gens entrer dans la maison. D'abord sa mère, puis Amy, qui claqua la porte et appela « Maman ! » d'une voix irritée, avant de grimper quatre à quatre jusqu'à l'étage et s'enfermer bruyamment dans sa chambre. Quelques minutes plus tard, son père arriva en voiture, et le rideau métallique du garage s'abaissa en grinçant. M. Gray se rendit directement à la cuisine. Janet entendit son rire grave et le bruit de ses pas plus lents et plus lourds que ceux de sa mère. Elle n'en continuait pas moins de sentir sous ses doigts le bordage du canot parfaitement lisse, et la houle qui la berçait d'avant en arrière dans une odeur douceâtre d'eau imprégnant sa gorge.

Ils ne tarderaient pas à l'appeler pour dîner... elle cligna les paupières et sortit de sa rêverie. Le soir tombait et la pénombre envahissait sa chambre. Elle se redressa avec précaution et, protégeant ses yeux du revers de la main, pressa de l'autre le bouton de sa lampe de chevet. Sa lumière douce ne lui fut pas trop douloureuse. Elle se leva, s'aspergea d'eau le visage, et peigna ses cheveux. Puis elle descendit à la cuisine.

« Ah, te voilà ! Je me demandais si tu étais rentrée », dit Mme Gray en posant un plat chaud sur la table. Elle sourit à Janet, puis la regarda plus attentivement. « Tu te sens bien, ma chérie ? interrogea-t-elle en fronçant les sourcils.

— J'ai mal à la tête. »

Mme Gray s'approcha d'elle et lui posa sa main sur le front.

« Tu ne sembles pas avoir de la fièvre. Tu as faim ?

— Je ne sais pas. Je vais quand même essayer de manger un peu. »

Sur ce, elle prit place à table.

M. Gray était debout, occupé à remuer la salade. Il se retourna et coula vers sa fille un long regard, tout à la fois inquiet et amusé :

« Toi, malade ? On n'a encore jamais vu ça », dit-il en s'essuyant les mains. Il lui donna un léger coup de coude et se pencha pour l'embrasser sur le front. Puis il posa le saladier sur la table et gagna le bas de l'escalier pour appeler Amy.

Amy descendit en sautant de marche en marche comme elle le faisait toujours quand elle était de mauvaise humeur. Lorsqu'elle entra dans la cuisine, il était visible qu'elle réprimait une grande colère. Elle se laissa choir sur sa chaise et fixa son assiette d'un regard noir.

« Que se passe-t-il ici ? dit M. Gray. Ne me dis pas que toi aussi tu es malade !

— Non, je suis furieuse après Cindy. Elle commence à m'ennuyer sérieusement.

— Et pourquoi donc ? demanda Mme Gray.

— Parce qu'elle ne pense plus qu'à ces stupides fantômes.

— Quels fantômes ? s'enquit M. Gray, feignant l'ignorance.

— Elle croit que Cathy Dexter vient la visiter dans sa chambre.

— Celle de la tour ? s'étonna Janet. C'est une pièce magnifique !

— Oui, c'est peut-être vrai, mais elle est hantée. Cindy s'y est installée aujourd'hui. » Amy baissa la voix. « C'est dans cette chambre que Cathy dormait pendant l'été. Et puis c'est de là que Margery Smith a sauté par la fenêtre. Vous savez ce que raconte Cindy ? Que Cathy vient la voir, et *qu'elles jouent aux échecs !* Elle a installé un échiquier sur un guéridon. Tous les jours, elle déplace l'une de ses pièces, à elle, et quand elle revient, il y a toujours une pièce adverse qui a bougé ! Cindy prétend que c'est Cathy qui a joué son coup !

— Est-ce que cette partie d'échecs avait commencé dans sa chambre d'hiver ? demanda Janet.

— Bien sûr, il fallait la voir aujourd'hui, quand elle a transporté l'échiquier jusqu'à la tour, comme si c'était une relique sacrée, en faisant bien attention de ne pas déplacer les pièces ! »

Janet ne put contenir son envie de rire.

« Il n'y a pas de quoi se marrer ! s'écria Amy, furieuse. Cindy est ma meilleure amie... Ou bien elle raconte des histoires à dormir debout, et ce n'est pas drôle, ou bien elle dit la vérité et c'est encore pire ! Peut-être que ces fantômes existent. Est-ce qu'on peut avoir confiance en eux ? Et s'ils la rendaient complètement folle, s'ils la jetaient par la fenêtre ! »

De grosses larmes coulèrent sur ses joues.

« Allons, allons, intervint son père. Tu te laisses trop

impressionner par ces vieilles histoires. » Il tendit la main et caressa doucement la tête de la fillette. « Ne t'inquiète pas, mon cœur. Il ne peut pas y avoir de fantômes, tu sais. Je suis sûr que Cindy a toute sa raison. Elle te fait marcher, voilà tout.

— Mais non ! Elle y croit vraiment !

— Il est vrai que Cindy a beaucoup d'imagination. Tu as peut-être raison, elle doit sûrement y croire, concéda-t-il tout en beurrant une tartine. Mais ce qu'on imagine ne risque pas de faire du mal, hein ? Donne-lui donc un peu de temps, elle finira tôt ou tard par abandonner ses convictions. »

Janet se prit le visage entre les mains. Cette conversation accentuait sa migraine, et elle se sentait incapable d'avaler quoi que ce soit.

« Excusez-moi, murmura-t-elle en quittant la table. Je vais aller m'allonger. »

Mme Gray se leva aussi.

« Chérie, tu es pâle comme un linge, dit-elle en tâtant de nouveau le front de sa fille. Toujours pas de fièvre. Mais tes mains sont froides et moites. Oui, va t'allonger. Je te garderai ton dîner au chaud pour le cas où tu te sentirais mieux plus tard. »

Janet regagna sa chambre et s'étendit sur son lit, laissant allumée sa lampe de chevet dans l'espoir que sa lumière douce repousserait les cauchemars. Cette conversation à table l'avait mise mal à l'aise sans qu'elle pût dire pourquoi. Cependant un autre mystère, aussi récent que désagréable, la préoccupait. Elle se demandait à présent s'il ne lui fallait pas y chercher la cause de sa migraine. Elle respira profondément, ferma les yeux, et laissa l'image prendre forme dans son esprit.

Mirella.

Cette évocation provoqua un nouvel élancement aux tempes, et son ventre se noua.

Tout avait commencé à l'heure du déjeuner, quelques jours plus tôt. Elle se rendait avec David à la cafétéria du collège, et ils marchaient main dans la main comme d'habitude. David commençait juste de lui raconter une blague quand il se tut brusquement, et Janet le sentit tressaillir. Puis elle en découvrit la raison, et elle éprouva un choc à son tour.

Au pied des marches qui menaient au restaurant, appuyée contre le mur, se tenait la plus belle jeune fille que Janet eût jamais vue. Ses vêtements sobres, une chemise jaune pâle, une jupe de flanelle grise, des bas et des souliers plats assortis à la couleur de la jupe, contrastaient avec les formes voluptueuses de son corps, aussi parfait et harmonieux qu'une statue grecque. Elle avait beau se tenir immobile, il émanait de toute sa personne une aisance et une grâce infinie. Son épaisse chevelure d'un blond pâle, qui évoquait la crinière ondulante de quelque mythique coursier, était rejetée en arrière et dégageait un visage de sphinx. Ses grands yeux fendus en amande étaient d'une étrange couleur pourpre, presque noire. Leur éclat accentuait le modelé délicat des pommettes et s'accordait à la douceur veloutée de la peau, à l'incarnat des lèvres pleines qui semblaient esquisser un sourire sensuel. La bouche légèrement entrouverte, elle fixait sur David un regard appuyé où dansaient des lueurs de désir et de convoitise.

Janet eut l'impression que son cœur se décrochait. « Ce n'est pas juste, se surprit-elle à penser : aucune femme au monde ne devrait être aussi belle. » Elle jeta un regard de biais à David. Il rougissait comme une pivoine. Quand ils passèrent devant l'inconnue, il baissa la tête et pinça les lèvres. Janet décocha à la beauté immobile un regard glacé qui n'atteignit pas son but car la jeune fille ne quitta pas le garçon des yeux un seul instant.

Quand ils l'eurent dépassée, Janet demanda :

« Qui est-ce ?

— Une nouvelle. Je l'ai rencontrée ce matin. Elle est dans ma classe de français. Je crois qu'elle s'appelle Mirella ou quelque chose comme ça.

— Oh, vraiment ? » lâcha Janet, presque dans un cri. Puis, pour faire oublier sa réaction anormalement nerveuse, elle pressa la main de son ami.

Depuis cet instant, la vue ou la seule évocation de Mirella bouleversa la sérénité de Janet. *A quoi bon se lever le matin dorénavant ?* en arrivait-elle à penser. La vie lui paraissait désormais sans intérêt.

Mais elle savait que cela n'avait pas de sens. Hormis sa beauté, qu'y avait-il en Mirella qui pût la mettre hors d'elle-même ? Janet ne s'était jamais considérée comme quelqu'un de jaloux. « Pourquoi ai-je l'impression d'étouffer dès que je pense à elle ? » se demanda-t-elle à voix haute.

Janet avait l'impression que Mirella était continuellement sur le chemin de David. Mirella savait en effet exactement où le trouver, à tout moment. Que ce fût à la sortie d'un cours, dans les escaliers, près des vestiaires, chaque fois, son regard avait cette même lueur de complicité, d'intimité, et presque toujours elle lui demandait d'une voix nonchalante de lui rendre un service quelconque.

Plus tard, ce même premier jour, quand Mirella était entrée dans la classe d'histoire de Janet, celle-ci avait cru tenir enfin l'occasion de la contrer, de lui faire entendre à quel point elle comptait pour David. Mais, Mirella la désarma en ignorant son défi. Décidément elle était invulnérable !

Janet avait de la difficulté à cerner le personnage. Apparemment, Mirella n'avait aucun intérêt pour les études. Elle était rarement présente aux cours. Peut-être même était-elle incapable d'apprendre sérieusement quoi que ce soit, mais elle avait le don de transformer cela en qualité. Parfaitement maîtresse d'elle-même, elle savait utiliser les compétences de chacun. La jeune fille demandait certes des services aux uns et aux autres, mais surtout à David quand elle l'avait à sa portée — ce qui était généralement le cas. C'est avec une ébauche d'un sourire sensuel et moqueur qu'elle abordait sa victime, vite conquise par sa voix chaude : « Tu me prêtes ton stylo ? », « Je ne sais plus où j'ai mis mon cahier de devoirs. Je peux t'emprunter le tien ? », « Excuse-moi, où se trouve la bibliothèque ? », « Hé, David, tu n'aurais pas un taille-crayon ? » Et tous de répondre à ses demandes, même s'ils n'en avaient pas le désir ! C'était cela le plus étrange avec elle : on n'avait pas le sentiment qu'elle demandait une faveur, mais plutôt qu'elle donnait un *ordre*.

Aujourd'hui, par exemple, Mirella s'était particulièrement intéressée à David, et Janet avait eu le plus grand mal à garder son calme. A la fin du cours d'histoire, elle rassembla ses livres et tenta de gagner la porte le plus vite possible. Elle n'avait qu'une envie : s'éloigner de Mirella. Mais il y avait foule devant la porte. Tandis qu'elle rongeait son frein, elle sentit une main se poser sur son bras.

Elle se retourna : Mirella lui souriait de son sourire enjôleur. Elle se rapprocha d'elle, jusqu'à la frôler, et plongea son regard ténébreux dans ses yeux. Janet tenta de reculer, mais la foule compacte des élèves qui avançaient à petits pas vers la porte l'en empêcha.

Mirella leva une main fine et blanche et, d'un air absent, ramena une longue mèche de cheveux noirs sur l'épaule de Janet et la roula doucement entre ses doigts, puis elle en fit autant de l'autre côté. A deux ou trois reprises, Janet avait été témoin d'un tel geste de coquetterie altruiste. Il semblait machinal chez Mirella, comme si elle avait voulu inconsciemment harmoniser toutes choses avec sa propre beauté.

« Voudrais-tu me rendre un grand service ? dit-elle. Je n'ai pas pu noter tout ce que le prof a dit. Puis-je t'emprunter tes notes ? Je te les rendrai après l'heure d'étude.

— Bien sûr, attends une minute », s'entendit répondre Janet. Elle alla poser ses livres sur le pupitre le plus proche et se mit à feuilleter son classeur pour en extraire les pages que Mirella lui demandait. « Pourquoi est-ce que je fais cela ? se dit-elle. Je déteste cette fille ! Sans compter que je ne reverrai sans doute jamais mes notes. » Mais c'était comme si ses mains ne lui obéissaient pas. Plus elle s'efforçait de trouver une excuse pour refuser, plus vite ses doigts feuilletaient son classeur.

« Merci mille fois », dit Mirella. Et elle disparut parmi la foule, laissant un sillage de têtes tournées derrière elle.

« J'ai l'impression d'avoir été volée, pensa Janet en la regardant s'éloigner. Son sourire est plein d'une secrète moquerie. Elle ne peut douter de son charme ;

elle sait que sa beauté est telle qu'elle en devient une arme, et si elle regarde David d'un air aussi triomphant, c'est parce qu'elle sent bien qu'elle le tient. »

Le premier élancement dans son crâne datait de cet instant.

Bien entendu, Mirella ne tint pas sa promesse de lui restituer ses notes une fois l'heure d'étude terminée. Après la dernière sonnerie, Janet se rendit au vestiaire et rencontra Mirella dans le couloir.

« Excuse-moi. Je suis sûre que ton oubli est involontaire, dit-elle d'un ton sarcastique, mais est-ce que tu pourrais me rendre mes notes ? »

Mirella la considéra d'un air nonchalant : « Bien sûr. » Elle fouilla parmi les livres qu'elle avait avec elle.

« Je suis désolée, dit-elle enfin. J'ai dû les enfermer dans mon casier. Ça ne t'ennuie pas si je te les rends demain ?

— D'accord, aucun problème », marmonna Janet, tout en se reprochant une fois de plus de manquer de courage face à l'étrange jeune fille. Ce n'était pas de la peur, mais elle éprouvait en sa présence une curieuse faiblesse.

Elle suivit alors le regard de Mirella. David venait dans leur direction. Il marchait, les yeux fixés sur Mirella, et quand il vit son amie, son visage s'empourpra.

Mirella s'écarta de Janet et alla à la rencontre du garçon. Janet lui emboîta le pas et entendit la jeune fille qui disait : « Quel temps, hein ? Un vrai scandale ! J'étais assise près de la fenêtre, à l'étude, et ce vent chaud m'a rendue folle ! »

Janet contourna Mirella et prit David par la main.

« Désolée de t'avoir fait attendre », lui dit-elle en l'entraînant avant qu'il eût pu réagir. Il eut un sourire pour elle, mais le regard qu'il coula en même temps vers sa rivale ne lui échappa pas !

Au souvenir de ce regard, Janet sentit les larmes lui venir aux yeux. Oui, elle avait envie de pleurer. Elle se tourna sur le ventre et pleura à chaudes larmes, enfouissant sa tête dans son oreiller afin d'étouffer sa plainte. Au bout d'un moment, sa rage se dissipa. Elle se remit sur le dos et sa respiration redevint régulière. A sa grande surprise, son mal de tête avait presque disparu.

« Je me fiche de ce que peut faire Mirella, se dit-elle. Elle ne pourra jamais détruire ce que David et moi avons en commun. Elle lui tournera peut-être la tête, mais il comprendra à la longue qu'elle n'est pas faite pour lui. »

Soudain, elle se sentit un féroce appétit. Elle se leva et brossa ses cheveux. C'était si bon de ne plus avoir la migraine ! Souriant au reflet que lui envoyait le miroir, Janet promit que personne, à commencer par Mirella, ne saurait gâcher sa vie.

CHAPITRE 3

Cindy se moquait éperdument de l'opinion de David et de Diane. Son frère aîné et sa sœur, comme ses parents, paraissaient ne rien comprendre aux choses importantes de la vie. Elle espérait que le bon sens de Janet finirait par déteindre un peu sur eux. Car Janet, elle, comprenait. Et, si certaines choses lui échappaient, elle n'affichait pas pour autant un petit air inférieur comme David et Diane.

Nichée dans son fauteuil favori, Cindy ouvrit pour la énième fois le journal de Clayton.

Mardi, 26 avril 1907 :

« Vive le printemps ! Aujourd'hui il fait une de ces journées bénies, où le ciel est clair, d'un bleu profond, et la température parfaite. Les violettes dressent leurs têtes sur la pelouse et les arbres semblent frémir sous la poussée des feuilles.

« J'ose à peine parler de mon propre bonheur. Peut-être est-ce parce que j'ai du mal à y croire, ou bien parce que les mots seront en dessous de la vérité. Non, je suis injuste et il me faut y croire. Il n'est qu'à voir combien j'ai déjà changé ; peut-être mon pessimisme congénital a-t-il reçu une blessure mortelle...

« Allons, dis-le donc ! Très bien, très bien : je suis amoureux. J'aime et suis aimé. Voilà ! ! !

« Hier au soir papa a invité à dîner le nouveau contremaître, George McNulty, ainsi que sa femme et sa fille. McNulty a l'air d'un homme solide qui connaît son travail, et sa femme, sous ses rondeurs et son allure placide, cache une sorte de drôlerie secrète. Elle m'est très sympathique.

« Et puis Vera est apparue. Comment pourrais-je décrire mon émoi en la voyant pour la première fois ? Je me trouvais sous le porche lorsqu'elle descendit de la voiture. Je n'eus pas le sentiment de découvrir une étrangère, aussi exceptionnellement belle fût-elle, mais de la reconnaître ! Les mots sont traîtres, mais j'avais l'impression de retrouver une personne familière et dont j'avais besoin, comme lorsqu'on pose la dernière pièce qui manque à un puzzle. Quand elle leva les yeux vers moi et croisa mon regard, je sentis comme un déclic, et je sus qu'elle aussi m'avait reconnu.

« Comme nous nous tenions l'un face à l'autre, attendant d'être présentés, nous nous jetions des coups d'œil timides. Enfin, nous pûmes faire un pas l'un vers l'autre pour nous saluer. Il y eut alors entre nous cette sensation indicible d'accord parfait.

« Nous nous retrouvions tous les deux, en parfaite harmonie, et nous avons rougi, elle comme mes pivoines quand éclôt leur corolle rose vif, moi... comme une écrevisse au sortir d'une casserole ! Je crois que tous ceux qui étaient là avaient envie de rire, tant il était évident que nous nous aimions déjà.

« Il en fut de même pendant le dîner. Elle était assise en face de moi, à côté de Cathy. Nous faisions des efforts comiques pour ne pas nous regarder, mais dès que je succombais, mon regard rencontrait le sien. Et les coins de nos bouches se crispaient pour tâcher de retenir tous nos sourires ravis.

« Après le dîner, nous emmenâmes Vera voir l'atelier de Cathy. Elle contempla un instant le dessin de papa en train de fumer sa pipe, puis examina l'énorme carton qui contenait les aquarelles des plantes et des oiseaux. Cathy et moi ne la quittions pas des yeux ; moi, parce qu'il m'était impossible de faire autrement, et Cathy parce qu'elle voyait en Vera un fascinant sujet de portrait.

« Quand elle eut tout regardé, Vera a souri et nous a dit : "C'est très beau." Puis Cathy lui a demandé si elle voulait bien poser pour elle, et Vera lui a répondu qu'elle aimerait beaucoup, tout en me jetant un coup d'œil timide. Ses joues devinrent rouges à nouveau comme mes pivoines.

« Mon cœur chavire. Elle est si pleine de vie, intelligente, drôle, sensible ! Ses yeux noirs étin-

cellent de joie et ils brillent parfois comme si des larmes y étaient retenues. Sa chevelure est si luxuriante qu'elle semble toujours sur le point de se libérer du carcan des épingles. Elle me fascinera à jamais. Ecoutez-moi ! Cela fait à peine vingt-quatre heures que nous *connaissons, et cependant je sais que nous vivons déjà un grand amour.*

« *Cathy l'a invitée à venir poser pour elle demain après-midi, après quoi nous irons tous nous promener dans les bois. Elle a accepté avec joie. Enfant unique, elle doit avoir l'habitude d'être seule. Mais, si cela est en mon pouvoir, elle ne le sera plus jamais !*

« *Et puis je suis heureux pour Cathy. Elles s'entendent déjà toutes deux comme de vieilles amies. Cathy a besoin d'une compagne autre que Margery, car je crois que celle-ci ne fait qu'encourager sa tendance à la mélancolie.* »

Cindy s'étira. Elle savait qu'elle touchait à la partie intéressante du journal — celle qui recelait les clés du mystère Dexter : quand Clayton commençait à parler de l'influence de Margery sur le caractère dépressif de Cathy. Elle savait aussi qu'il était temps pour elle de descendre dîner, mais elle souhaitait relire cette dernière partie.

Elle poursuivit :

« *En vérité, Margery est la seule ombre au tableau à l'heure qu'il est. Il y eut un moment bien étrange, ce soir, quand nous redescendions de l'atelier. Dans l'escalier, nous avons croisé Margery qui montait coucher les enfants. Cathy a présenté Vera à Margery, ainsi qu'à Ralph et Lizzie. Ces deux derniers se sont montrés très aimables envers Vera, mais Margery l'a fixée avec des yeux étranges, où je n'ai pu lire la moindre expression. Son visage ressemblait à un masque. J'ai senti Vera se contracter aussitôt. Elle et Margery se sont jaugées du regard comme... des rivales ? Ridicule ! Mais c'est ce qui m'est alors venu à l'esprit. Nous nous sommes tous souhaité une bonne nuit et avons poursuivi nos chemins respectifs.*

« J'espère que la présence de Vera dans ma vie mettra fin aux ambitions de Margery à mon égard. Pour ma part, il n'y a plus aucune confusion dans mon cœur. Je peux maintenant avouer que je n'ai jamais été très à l'aise avec Margery, et ce dès le soir où papa l'a recueillie chez nous. »

Cindy eut un petit rire nerveux. Elle connaissait cette partie du journal par cœur.

« C'était une semaine avant Noël », dit-elle à voix haute avant de replonger dans sa lecture.

« Papa nous avait quittés tôt le matin pour se rendre à l'orphelinat de Bridgeport, d'où il devait ramener Margery. Quand ils rentrèrent dans la soirée, papa nous appela pour nous présenter la jeune fille. Je me trouvais dans ma chambre, en train d'écrire. Je sortis et me penchai par la balustrade du palier.

« En bas, dans le couloir, sous le chandelier, se tenait une petite silhouette, emmitouflée dans une lourde cape noire. Sous le grand capuchon, il y avait un visage d'une beauté stupéfiante, qui leva ses grands yeux sombres vers moi et rencontra mon regard. Sans me quitter des yeux, elle repoussa son capuchon d'une main délicate et fine, découvrant une opulente chevelure claire qui évoquait la crinière en bataille de quelque fabuleux cousier.

« Elle me dévisagea avec une telle insistance que je finis par penser qu'elle cherchait à me déconcerter.

J'en pris même ombrage et brisai le charme — ou du moins l'espérai-je — par un "Comment allez-vous" aussi neutre que possible.

« Depuis lors, elle n'a cessé de me poursuivre de ses assiduités. J'avoue qu'au tout début j'ai été attiré vers elle. Qui ne serait ému par une beauté aussi rare ? Mais j'ai eu petit à petit le sentiment qu'elle ne montrait pas sa vraie personnalité. Elle m'a toujours poursuivi avec entêtement, sans jamais chercher à me connaître, ni même s'intéresser à mes goûts. Il y a chez elle quelque chose d'indéfinissable, voire de surnaturel. Ces deux derniers mois, j'ai fait de mon mieux pour la décourager. Je m'efforce de l'éviter, ce qui n'est pas facile, ca elle possède un talent surprenant pour se trouver sans cesse sur mon chemin. J'essaie surtout de ne pas croiser son regard. Je me comporte presque grossièrement, par nécessité.

« Je la crois assez compétente comme gouvernante pour Ralph et Lizzie. Ils ont l'air heureux, bien plus calmes qu'ils ne l'étaient auparavant. Mais je n'aime pas la façon dont elle leur commande sans cesse le silence et réprime leur vivacité naturelle. Elle est belle, mais elle a autant d'humour qu'un morceau de lard. Et elle ne cesse de parler de ses misères à l'orphelinat, de sa rancune pour ses parents inconnus, etc. On dirait qu'elle a envie de rester malheureuse.

« Suis-je sans cœur ? Je suis certain que Margery a eu une vie triste et difficile, mais à quoi cela lui sert-il de ruminer ce passé ? La vie est faite pour le bonheur, tout comme un arbre est fait pour verdir, et l'une et l'autre y parviennent aisément, si on ne les contrarie pas. Une seule soirée passée avec Vera m'a fait comprendre cela. Que ne m'apprendra-t-elle pas en toute une vie ! »

Cindy referma le cahier et sourit... *tout comme un arbre est fait pour verdir,* pensa-t-elle à voix haute. Pourquoi cette phrase retenait-elle particulièrement son attention chaque fois qu'elle lisait cette partie du journal ? Avait-elle un lien avec le mystère de Vera et de Margery ?

« Cindy ! appela Diane du bas de l'escalier. Arrête de jouer avec tes fantômes et viens dîner. »

Cindy eut un sourire triste. Un jour sa sœur comprendrait...

CHAPITRE 4

« Attends une minute, dit Janet à David. J'ai des bouquins à prendre dans mon casier. »

Elle se pencha sur son cadenas, mais eut quelque peine à en manipuler les petites molettes numérotées. Elle se rendait avec David au cours de sciences naturelles, le premier de la journée, et déjà la migraine lui battait douloureusement les tempes.

Prenant les livres dont elle avait besoin, Janet referma le casier. « J'aurais préféré que la journée ne commence pas dans l'odeur du formol », dit-elle. Elle se retourna, pour constater qu'elle venait de parler dans le vide. David avait déjà disparu.

« Oh non ! » gémit-elle en le cherchant des yeux parmi la foule des élèves, tout en s'efforçant de contenir ses larmes. Elle finit par le repérer un peu plus loin dans le hall. Il bavardait avec Mirella, appuyée contre le mur comme une déesse à une colonne de marbre. L'or pâle de sa chevelure flottait sur ses épaules. Son regard langoureux plongeait dans celui de David, tandis que sa longue main blanche voletait comme un papillon sur l'épaule de sa veste bleu marine pour y cueillir délicatement une poussière ou quelque cheveu.

Diane surgit à ses côtés.

« Là où il y a de la gêne, il n'y a pas de plaisir, dit-elle d'une voix acerbe en désignant Mirella. Mais pour qui se prend-elle ? » Puis, voyant l'expression douloureuse de son amie, elle ajouta : « Rassure-toi, elle se conduit comme ça avec tous les garçons qu'elle aborde.

— Oh, je sais, dit Janet d'une voix tremblante d'émotion. Je *sais*. Mais ce n'est pas elle qui m'inquiète, c'est *David*. »

Diane passa son bras autour des épaules de Janet et la serra contre elle. Janet sentit que son amie cherchait une parole de consolation.

« Ecoute, lui dit-elle enfin. Je sais que c'est triste de voir ça, mais garde confiance en David. Ses sentiments envers toi n'ont pas changé. Crois-moi, au fond de son cœur, il te reste fidèle. » Les deux filles traversèrent le hall côte à côte. « C'est Mirella qui pose un problème, reprit Diane. C'est une authentique collectionneuse, et elle n'a qu'une envie en ce moment : ajouter David à son tableau de chasse. »

David et Mirella s'étaient arrêtés près d'une porte de secours. Ronnie Phillips, la vedette de l'équipe de basket, surgit derrière Mirella et posa sa grande main sur son épaule. Mirella se laissa aller contre lui, en faisant la moue à David. Puis elle pivota vers Ronnie et partit avec lui. David les regarda s'éloigner et disparaître par la porte de secours.

« Et voilà ! gronda Janet en bandant toute sa volonté pour ne pas se mettre à pleurer.

— Tu vois ? Comme ça, pas de jaloux ! s'exclama Diane. N'empêche que je crois qu'elle commence à en faire trop. Ecoute, il faut que je me dépêche. Ça va ? »

Janet acquiesça faiblement.

« J'irai trouver Mirella à midi et je lui parlerai, promit Diane. J'essaierai de lui faire comprendre ce qu'il y a entre David et toi. Elle vous fichera peut-être la paix ensuite.

— Vraiment ? Tu ferais ça, Diane ? Ce serait formidable !

— Bien sûr que je le ferai. Et maintenant, détends-toi un peu. A tout à l'heure. »

La cloche sonna. A moitié aveuglée par le chagrin, Janet finit par reconnaître David venant en sa direction. Elle franchit la porte de la classe devant lui comme si elle ne le voyait pas.

La matinée fut exécrable. Elle continua d'ignorer David, malgré son regard qui pesait sur elle. Ce n'était pas pour le punir ; elle était seulement incapable de lui adresser la parole.

Comment pouvait-il se conduire de la sorte, quand un lien aussi profond les unissait ? Elle se rappela leur conversation dans les bois. N'avaient-ils pas projeté de vivre plusieurs vies ensemble. Elle l'aimait depuis toujours, bien avant de l'avoir rencontré.

Tout de suite, l'impuissance l'envahit. Comment pourrait-il résister à Mirella ? Quelle chance avait-on contre un être doté d'une beauté aussi exceptionnelle ? Elle eut un élancement si douloureux à l'évocation de Mirella, qu'elle songea un instant à demander la permission de quitter le cours pour rentrer chez elle.

D'habitude, à l'heure du déjeuner, David l'attendait, et ils se rendaient ensemble à la cafétéria. Aujourd'hui, alors que midi approchait, elle redoutait de se retrouver face à lui. Tandis qu'elle rangeait rageusement ses livres dans son casier, elle sentit sa présence. Posant ses mains sur ses épaules, David lui chuchota à l'oreille :

« S'il te plaît, viens déjeuner avec moi. »

Janet referma la porte de son casier, avec l'envie de s'enfuir. Cependant elle le laissa l'accompagner jusqu'à la cafétéria, sans lui parler ni le regarder. Tandis qu'ils poussaient leurs plateaux le long de la rampe du self-service, elle continua de garder un silence obstiné.

Elle ne savait pas si elle avait faim ou pas. Elle prit une petite assiette de fromage blanc surmonté d'une tranche d'ananas, quelques biscuits salés et une tasse d'eau chaude. David, qui la suivait, demanda un plat chaud de spaghettis et du fromage. Ils payèrent à la caisse, puis cherchèrent du regard une table libre dans la grande salle bruyante.

Le cœur de Janet se serra en apercevant Diane et Mirella assises l'une en face de l'autre. Elles paraissaient plongées dans une discussion animée. Quand

Janet vit que David regardait involontairement dans leur direction, elle lui dit d'un ton glacial :

« Allons un peu plus loin. »

Ils s'assirent au fond de la salle. Janet se refusa à lever la tête de son assiette. Elle mangea lentement son fromage, David semblait malheureux et oppressé. Son repas terminé, Janet repoussa son plateau, prit son visage entre ses mains et se massa les tempes du bout des doigts.

David se pencha en avant et lui dit d'une voix altérée :

« S'il te plaît, Jan. Pourquoi ne veux-tu pas me parler ?

— Je ne sais pas. Je n'arrive pas à trouver les mots. »

Elle se sentait à la fois offensée et prise au piège. Il était impossible qu'il ne comprît pas la raison de son dépit. D'autre part, elle avait honte de sa propre jalousie. Finalement, ce fut précisément la gêne qu'elle voyait grandir entre eux qui la força à parler.

« Comment peux-tu faire l'innocent ? dit-elle. Est-ce que tu t'attends sincèrement à ce que j'alimente la conversation ? »

Le regard de David lui parut lointain, vide. Il n'osait visiblement pas la regarder en face.

« Es-tu vraiment jalouse de Mirella ? demanda-t-il enfin.

— D'après toi, ai-je des raisons de l'être ? »

David pinça les lèvres et fixa la table. Un nouveau silence tomba entre eux, tandis que les yeux de Janet s'embuaient de larmes.

David repoussa brusquement son plateau pour lui prendre la main. Pour la première fois de la journée, il la regarda dans les yeux et Janet devina le conflit intérieur qui le déchirait.

« Après les cours, veux-tu m'accompagner jusqu'au ruisseau ? demanda-t-il. J'ai besoin de te parler, mais pas ici.

— Bien sûr, retrouvons-nous à la sortie », dit-elle un peu mal à l'aise.

Janet ne vit Diane qu'en fin de journée. Son amie leur proposa de faire un bout de chemin avec eux.

Diane marchait lentement, la mine pensive, les yeux baissés vers le sol. Janet voyait bien que son amie fuyait son regard, et elle se sentit frustrée. Elle avait besoin de savoir ce qui s'était dit entre elle et Mirella à l'heure du déjeuner, mais elle répugnait à aborder le sujet en présence de David. Soudain, elle remarqua que celui-ci regardait Diane comme si, lui aussi, souhaitait lui poser une question. « Certainement la même chose », songea-t-elle le cœur serré.

Le silence devenant trop pesant, Diane finit par le rompre :

« Eh bien, commença-t-elle, tandis que Janet et David retenaient leur souffle, j'ai eu une longue conversation avec Mirella, aujourd'hui. Je crois que je me suis trompée à son sujet. Cette fille est très gentille, en fait, et a eu une enfance très dure. Née dans un faubourg misérable à Pittsburgh, de père inconnu, et d'une mère toxicomane, Mirella se retrouva orpheline à dix ans.

— Bon Dieu ! jura David.

— Ces cinq dernières années, elle a vécu chez des parents adoptifs, des personnes d'un certain âge. C'étaient de braves gens, mais à l'esprit assez étroit. Ils sont morts tous les deux il y a six mois dans un accident de voiture. Après quoi, Mirella est venue s'installer avec la mère adoptive de sa sœur cadette. La maison est plutôt moche, à ce qu'elle en dit, sans avoir trop envie de s'étendre sur ce sujet ; visiblement Mirella a honte d'y recevoir des amis.

— C'est ridicule. De vrais amis ne s'attachent pas à ce genre de choses, dit David.

— Bien sûr, mais pour elle, ça compte, affirma Diane. De plus, cette tante adoptive ne rentrant que pour dormir, Mirella se trouve tout le temps seule. »

Diane s'exprimait d'une voix hachée, presque sur la défensive. Janet lui trouva la même expression vide et lointaine qu'affichait David à la cafétéria. Mirella avait-elle donc le pouvoir de transformer en zombies ses deux meilleurs amis ?

Parvenus au sentier, ils s'arrêtèrent un instant.

« C'est pourquoi je pense m'être trompée à son sujet, continua Diane. Du reste, je l'ai invitée à notre fête. J'espère que tu es d'accord, dit-elle en se tournant vers David. Elle était folle de joie.

— Tu as bien fait », approuva-t-il.

Janet ne put contenir plus longtemps ses larmes. Brusquement, elle appuya son vélo contre un arbre et s'élança en courant sur le sentier. Ce chagrin, qui l'étouffait depuis ce matin, éclata enfin. Elle ouvrit la bouche, et sa plainte s'éleva, faible gémissement d'abord, qui s'amplifia jusqu'à devenir un long cri déchirant entrecoupé de sanglots.

Elle connaissait bien cet endroit. Un peu plus loin, le chemin contournait un énorme rocher, avant de descendre plus abruptement. Janet s'arrêta derrière le roc contre lequel elle s'appuya pour laisser libre cours à ses larmes.

Elle entendit un bruit de pas précipités et, l'instant d'après, sentit les mains de David se poser sur ses épaules. Il la força doucement à se tourner vers lui, puis il la prit dans ses bras et la tint serrée contre lui jusqu'à ce qu'elle cessât de pleurer.

« Diane est rentrée à la maison, dit-il. Viens, descendons jusqu'au ruisseau. »

Se tenant enlacés, ils marchèrent ainsi avant de s'arrêter près de la petite cascade au pied de laquelle ils avaient échangé, l'été dernier, leurs pensées les plus secrètes. Le ruisseau qui n'était alors qu'un imperceptible filet d'eau dans un lit desséché, chantait maintenant de toute la vigueur de ses eaux grossies par la fonte des neiges. Ils s'assirent sur les larges pierres rondes d'un mur éboulé. David prit les mains de Janet dans les siennes.

« Que se passe-t-il ? dit-elle quand elle put de nouveau contrôler sa voix. Tout le monde m'abandonne. D'abord toi, maintenant Diane. Je dois le mériter, après tout. Je suis la seule à ne pas aimer Mirella. Est-ce seulement de la jalousie de ma part ? Je commence à croire que je suis mauvaise.

— Non, ne dis pas cela, Janet. Tu es l'être le meilleur que je connaisse. Je crois moi aussi qu'il y a quelque chose de bizarre chez Mirella. Je ne sais pas ce que c'est. Tu es peut-être la seule à avoir raison.

— Alors pourquoi t'intéresses-tu autant à elle ? »

Il se passa la main sur le front :

« Je l'ignore. Ça me dépasse. Quand elle me regarde, je me sens hypnotisé. J'ai alors le sentiment que je suis la seule personne au monde qui puisse prendre soin d'elle et donner un sens à sa vie. Une partie de moi la hait et veut la fuir, mais l'autre me retient à ses côtés pour m'assurer de son bonheur. »

La colère s'empara de Janet. Sa tête lui fit de nouveau mal.

« Evidemment, le fait qu'elle soit belle à en mourir ne compte pas, hein ? » lâcha-t-elle, regrettant aussitôt son agressivité.

David lui souleva le menton et plongea ses yeux dans les siens.

« Il y a des tas de gens qui sont beaux à en mourir, dit-il, mais c'est ta beauté que j'aime. »

Etait-il sincère ? Janet eût tant désiré le croire ! Elle scruta ses yeux et vit que son regard avait retrouvé sa fermeté et sa tendresse. Elle lui sourit. Il était de nouveau lui-même, de nouveau *son* David. S'enhardissant, elle avoua :

« Mirella me fait peur. Elle est à la fois étrange et forte ! Elle me fait penser à certains hommes politiques. Je la vois sourire d'un air aimable, mais je sens derrière ce masque avenant un esprit froid et manipulateur. J'ai l'impression qu'il lui suffirait de claquer des doigts pour avoir n'importe qui à ses pieds. » Elle appuya sa tête contre l'épaule de David. « Et maintenant elle est invitée à la fête. Que va-t-il se passer ? Je ferais peut-être mieux de ne pas venir.

— Ne sois pas bête, Jan. Nous ne donnerions pas de fête sans toi. J'ai besoin que tu sois là. Je ne me laisserai pas tourner la tête par cette fille, tu peux en être sûre. » Il se tut et se mit à lui masser doucement le cou. Puis il reprit : « S'il te plaît, sois patiente avec moi. C'est vrai, elle m'attire mais c'est toi que j'aime totalement. Si tu me quittais, je serais profondément malheureux. »

L'intonation de sa voix la laissa aux aguets. David donnait l'impression de donner d'une main, et de reprendre de l'autre. Mais se serrant fort contre lui, elle conclut :

« Non, je ne te quitterai pas. Je serai toujours là. Mais je veux seulement être sûre que toi aussi tu resteras avec moi. »

*
* *

Quand Cindy rentra de l'école ce jour-là, la maison était vide. Diane et David n'étaient pas encore rentrés ; leur mère devait être partie faire des courses. Elle laissa tomber son cartable près de la table du téléphone et se mit à chanter à tue-tête, tandis qu'elle montait à l'étage pour se changer. Quand elle redescendit, quelques minutes plus tard, après avoir enfilé un short et un tricot, elle se servit deux grands verres de limonade à la cuisine, puis alla prendre l'un des cahiers reliés de Clayton dans son cartable, sortit dans le jardin de derrière et s'assit sur une pierre plate. Cindy avait envie de se balancer avant de se plonger dans sa lecture favorite, mais une fatigue soudaine l'envahit et, sans même s'en rendre compte, elle s'endormit en serrant le journal dans ses bras.

Une heure plus tard Cindy s'éveillait en tremblant et en murmurant d'une voix plaintive : « S'il vous plaît, restez, restez avec moi et dites-moi ce que je dois faire. » Son regard tomba sur la balançoire, et son rêve lui revint brusquement en mémoire :

Elle venait de se hisser sur la vieille balançoire suspendue à l'érable, quand elle avait aperçu une silhouette féminine près du mur de la terrasse où elle avait laissé le journal de Clayton.

« Hé ! cria-t-elle. Il est à moi ! »

L'inconnue avait levé la tête vers elle, sans marquer la moindre surprise, et s'était mise à feuilleter le cahier.

Cindy avait sauté de la balançoire, atterrissant comme une grenouille sur la pelouse, pour courir vers l'intruse. C'était une jeune fille très belle, au regard brillant d'un éclat bizarre.

« C'est mon livre », avait protesté Cindy en le lui arrachant des mains.

L'inconnue n'avait pas bronché et sans cesser de sourire, elle avait déclaré d'une voix basse :

« Tu dois être Cindy. Je vais au collège avec ton frère et ta sœur. »

C'était donc Mirella, songea tout à coup Cindy en se remémorant son rêve.

« Que faites-vous ici ? » se rappela-t-elle aussi lui avoir demandé.

Mirella lui avait paru trop belle. Ce contraste entre sa chevelure pâle et ses yeux marron aux reflets violets était particulièrement saisissant. Elle avait presque un regard félin ainsi qu'une façon indolente de cligner les paupières. Son corps aussi évoquait les félins, avec ce mélange de grâce et de force. Mirella était restée plantée là sur la pelouse avec une attitude de propriétaire, comme si Cindy était l'invitée !

« Je veux seulement jeter un œil sur ton cahier », avait-elle rétorqué.

Cindy avait serré ce journal contre sa poitrine. « Je regrette, mais ce n'est pas possible. »

Mirella avait tendu la main :

« S'il te plaît ? Je ne l'abîmerai pas. Laisse-moi le regarder juste une seconde. »

Pourquoi dans son rêve s'était-elle sentie si faible face à cette fille ? Cindy avait contemplé les grands yeux sombres ombragés par de longs cils, la peau veloutée, la façon dont la lumière jouait sur les pommettes, le reflet crémeux et rose qui animait le creux des joues. On peut s'hypnotiser soi-même rien qu'en la regardant, pensa Cindy. Puis elle se souvint d'avoir reculé de quelques pas, Mirella s'étant assez rapprochée pour toucher le cahier. Elle l'avait tiré doucement vers elle, comme pour la taquiner.

« Attention, Cindy ! » avait alors entendu Cindy.

Puis, courant ensuite vers la maison, elle s'était élancée dans l'escalier, poursuivie par la voix qui ne cessait de chuchoter : « Vite ! Vite ! »

En effet, derrière elle, elle avait entendu la porte de la cuisine grincer lentement, puis se refermer. Mirella était dans la maison ! Des pas légers se firent entendre et se rapprochèrent.

Haletante, Cindy grimpa l'escalier quatre à quatre pour se réfugier au dernier étage. Mirella continuait de monter derrière elle de son pas feutré et rythmé comme un métronome. Cindy se sentit *prise au piège dans sa propre maison !*

Après avoir claqué la porte de sa chambre et tourné la clef, elle avait entendu Mirella derrière le battant.

« Cindy ? Je sais que tu es là. Laisse-moi voir ton cahier. Pourquoi te caches-tu ? Tu n'as rien à craindre. »

La poignée de la porte s'était agitée. Terrorisée, Cindy avait vu alors trembler la porte puis la poignée était tombée sur le sol. Mirella entra, son sourire de chat aux lèvres.

« Tu ne veux vraiment pas me laisser regarder dans ton cahier ? Je ne l'abîmerai pas. S'il te plaît. »

Elle continua d'avancer vers Cindy, qui recula toujours en serrant le journal dans ses bras, impuissante à détacher ses yeux du visage de sphinx au regard envoûtant.

« Comment avez-vous fait pour entrer ? »

Une étrange et désagréable odeur envahissait la pièce.

« Pourquoi rends-tu les choses si difficiles, Cindy ? Laisse-moi voir ton cahier.

— Non ! » hurla la fillette. Elle avait l'impression que son cœur allait exploser. « Non ! Allez-vous-en ! Laissez-moi !

— Prête-moi ton cahier deux minutes, puis je m'en irai. »

Ce disant, elle avait acculé la fillette vers la fenêtre. Celle-là même d'où Margery Smith s'était jetée. Mirella s'était rapprochée encore :

« S'il te plaît, mon ange, je ne te ferai aucun mal si tu me laisses lire ton cahier. »

Elle avait tendu la main, et ses doigts s'étaient refermés sur un coin du journal. Cindy avait lutté sans s'apercevoir soudain que Mirella n'essayait plus de lui arracher le cahier, mais qu'au contraire elle la poussait. Sa main pesa plus durement sur sa poitrine, et Cindy grimaça de douleur. Elle sentit le vide derrière elle. La nausée la prit à la gorge. Elle ferma les yeux et chercha à crier, mais elle ne parvint qu'à émettre un faible gémissement. Inutile de résister davantage... C'était fini, elle allait tomber...

Elle s'était réveillée à l'instant même où ses pieds quittaient le sol. Les muscles de ses épaules étaient encore tendus. La voix qui l'avait avertie quelques instants plus tôt murmura :

« C'est fini. Tu es sauvée. »

S'était-elle contentée d'imaginer que Mirella avait voulu la tuer ? Ou bien cette scène avait-elle été réelle ? Cindy ne savait qu'en penser.

Elle ouvrit les yeux. Il n'y avait personne dans le jardin. La petite fille se redressa, respira profondément. Sa poitrine lui faisait mal, s'était-elle donné un coup ? Quel rêve étrange ! pensa-t-elle.

Emportant avec elle le journal de Clayton, Cindy se dirigea vers la balançoire. « S'il vous plaît, sauvez-moi, murmura-t-elle. Qui que vous soyez, sauvez-moi ! »

CHAPITRE 5

Au dîner ce soir-là, Cindy demanda à son père : « Papa, as-tu des plantes qui pourraient s'acclimater dans la tour ? J'aimerais en mettre dans ma chambre.

— Ma foi, c'est une bonne idée, répondit-il. J'en ai quelques-unes qui se plairaient bien là-haut. Après le dîner, nous irons à la serre pour y faire notre choix.

— Et je voudrais savoir aussi, ajouta Cindy, s'il

me serait possible de planter des boutures dans les chambres inoccupées du troisième étage ?

— Pourquoi pas ? » répliqua Mme Sperry.

Diane haussa les sourcils et David faillit faire une remarque, quand un bref regard de sa mère l'en dissuada. Cindy n'ajouta rien de plus. Elle savait que sa famille favorisait secrètement son intérêt pour les plantes, en espérant qu'il lui ferait oublier sa passion des fantômes.

Plus tard dans la soirée, un jeune avocatier et trois fougères furent transportés dans sa chambre. Quelques jours après, Mme Sperry découvrit plusieurs rangées de jeunes plantes de fougères et philodendrons sur le rebord des fenêtres de chacune des chambres inoccupées du troisième étage. Dans les toilettes et les coins du palier et du couloir, des boutures de lierre et de bégonias disposées dans des pots de grès remplis d'eau, produisaient déjà des racines.

Cindy n'était pas certaine que les plantes agiraient, mais une nouvelle lecture du journal de Clayton avait fini par la convaincre. Voici ce que Clayton avait écrit en date du 8 mai 1907 :

« *La vie paraît presque trop belle pour être vraie. Vera n'aime pas m'entendre dire ça. Elle dit que la vie ne* paraît *pas belle, qu'elle l'est, et que ce nous appelons "trop beau pour être vrai" est simplement une vérité évidente.*

« *Nous avons fait aujourd'hui une promenade qui a commencé magnifiquement mais s'est terminée de la façon la plus surprenante. Initialement, seuls*

Vera, Cathy et moi devions sortir. Toutefois, juste au moment de partir, Margery apparut près des marches du porche avec Ralph et Lizzie, et nous n'avons pu faire autrement que de les inviter.

« Quelle étrange personne que Magery ! Tandis que nous nous mettions en marche, j'avais l'impression qu'elle était partagée entre son désir de garder l'œil sur Vera et moi et son horreur des bois. Bien que l'air fût délicieusement doux, elle était enveloppée d'un châle comme si elle craignait un courant d'air. Je dis qu'elle a horreur des bois parce que dès que nous y avons pénétré, elle a relevé ses jupes et s'est mise à marcher au milieu du sentier, en évitant soigneusement de frôler les herbes, comme si celles-ci avaient été vénéneuses.

« Les bois et les plantes éclataient de vie. On sentait monter de la terre comme un grand courant d'énergie. Ralph et Lizzie étaient déchaînés. Ils couraient comme des fous parmi les taillis et s'amusaient à se lancer des touffes d'herbe qu'ils arrachaient à pleines poignées. Je ne les avais jamais vus aussi férocement joyeux. D'ordinaire, ils se rappellent tout ce que je leur enseigne au sujet des plantes et du respect qu'il faut leur témoigner, mais aujourd'hui ils étaient comme des jeunes bêtes retrouvant la liberté après une longue claustration. Margery ne cessait de les rappeler à l'ordre, et j'ai fini par lui dire de les laisser courir à leur guise. Je sentais trop ce qu'il y avait de colère contenue dans leur turbulence et pensais qu'il valait mieux qu'ils se défoulent une bonne fois, fût-ce au détriment de quelques plantes. La végétation est comme l'amour, elle renaît toujours.

« Vera et moi nous avons essayé de nous isoler. Quand nous nous promenons avec Cathy seule, cela est possible, Cathy a le tact de s'arrêter çà et là pour observer une plante et nous permettre ainsi de dérober un baiser à sa fausse vigilance. Mais aujourd'hui, Margery ne quittait pas Cathy d'une semelle et nous regardait sans cesse par-dessus son épaule. Elle la sermonnait aussi, ainsi qu'elle en a pris la fâcheuse habitude. A quel sujet cette fois-ci ? je n'en ai aucune idée. Cathy ne répliquait pas : elle marchait tranquillement, la tête basse.

« Vera s'inquiète de voir Cathy subir sans broncher l'influence de Margery. Elle trouve que Cathy perd de sa personnalité. "Regarde, me dit-elle, elle marche maintenant comme si elle aussi avait peur des bois." Puis elle a ajouté : "C'est étrange, vraiment. Margery prétend t'aimer, et pourtant elle déteste ce que tu aimes. Comment une femme pourrait-elle espérer partager ta vie sans s'attendre à avoir les mains maculées de terre, les pieds pris dans les ronces, les jambes plongées dans l'eau jusqu'aux genoux, à cueillir du cresson dans des ruisseaux glacés ? Ce n'est sûrement pas l'idée que se fait Margery du bonheur, à en juger par sa tête... regarde-la !" J'eus alors envie de l'étreindre dans mes bras et de nous enfoncer dans un roncier où personne ne pourrait nous séparer ! Mais Ralph me détourna abruptement de mes pensées en appelant : "Clay ! Clay ! Qu'est-ce que c'est que ça ?"

« Il accourait vers nous en tenant une brassée de plantes. Alors qu'il passait à côté de Cathy et de Margery, celle-ci poussa un cri déchirant. Ralph

s'arrêta, médusé, tandis que nous nous élancions vers les deux femmes.

« Margery, figée comme une statue, se couvrait le visage de ses mains. Cathy lui demanda ce qu'elle avait. "Rien !" répondit-elle, mais quand elle écarta ses mains, nous remarquâmes l'étrange pâleur de son visage : une pâleur bleue, cadavérique. Elle insista pour nous dire qu'elle allait bien, mais elle titubait légèrement et elle était oppressée. Quand Ralph s'approcha d'elle en tenant toujours ses plantes, elle se jeta dans les bras de Cathy en hurlant : "Enlevez-moi ça ! C'est du poison !"

« J'ai alors examiné la brassée : ce n'était que de la verveine. Je l'ai rejetée dans le sous-bois. Nous étions stupéfaits : nous n'avions jamais vu Margery se comporter de façon aussi hystérique. Elle s'est plainte alors d'une crampe au pied, et nous avons décidé de rentrer. Margery a insisté pour que Vera et moi l'aidions à marcher, en la soutenant chacun d'un côté, pendant que Cathy s'occupait des enfants. Margery ne cessait de se plaindre, tout en appuyant sa tête tantôt sur l'épaule de Vera, tantôt sur la mienne. Comportement bizarre pour qui souffrait d'une crampe au pied, n'ai-je pu m'empêcher de remarquer.

« Quand nous sommes arrivés à la maison, Cathy a emmené Margery et les enfants à l'intérieur. J'ai attelé Maxie et j'ai reconduit Vera chez elle. Elle était silencieuse avec un air pâle et fatigué. Je lui ai demandé si elle était souffrante ; elle m'a répondu que quelque chose la tracassait, sans qu'elle sût toutefois en préciser la nature. Devant sa porte,

elle m'a souri, mais son sourire était triste et presque amer. Un instant, j'ai eu l'impression qu'elle m'échappait. Je l'ai attirée contre moi et l'ai serrée fort dans mes bras.

« Je dois lui demander sa main sans tarder. »

CHAPITRE 6

« Et maintenant, le monde, à nous deux ! » lança Janet en marchant comme un karatéka vers son image que reflétait le grand miroir de son cabinet de toilette. Elle avait enfilé une sortie de bain de coton blanc et avait enveloppé ses cheveux mouillés dans une serviette rose.

Le moment était venu de s'habiller pour la fête des Sperry. Elle s'y était préparée mentalement durant toute la journée, avec la ferme intention d'y briller et de bien s'amuser. Ni Mirella ni la moindre migraine ne viendraient gâcher sa soirée.

Tous ces derniers jours, elle était rentrée chaque soir du collège avec de violents maux de tête. Mais ce samedi, les douleurs l'avaient jusqu'à présent épargnée. Dans l'après-midi, elle avait senti cette pression devenue familière, de deux petits disques métalliques comprimant ses tempes, et elle avait pris de l'aspirine et dormi deux heures. A son réveil, Janet avait suivi le conseil de sa mère qui prétendait qu'à trop s'occuper de ses misères, celles-ci ne faisaient qu'empirer.

« Bon, que vais-je mettre ? » se demanda-t-elle à haute voix. Elle ouvrit son armoire et passa en revue sa garde-robe.

La plupart des invités arriveraient probablement en jeans, mais la jeune fille avait envie de s'habiller. « Pourquoi pas ? » dit-elle en sortant une robe longue, décolletée, qui rappelait les caftans orientaux. Sa couleur pourpre lui donnait une touche exotique qui seyait parfaitement à ses longs cheveux noirs et à son teint mat. Un instant elle hésita à la pensée du contraste qu'elle ferait avec les autres, puis décida que cela n'en serait que plus excitant. Cette nuit serait exceptionnelle.

« Waouh ! Tu vas porter ça ? s'exclama Amy en faisant irruption dans sa chambre. Il y a quelqu'un avec toi ? Je t'ai entendue parler.

— Non, je parlais toute seule. »

Amy monta sur le lit :

« Tu veux que je te coiffe ?

— Pourquoi pas ? »

Janet donna à sa sœur une brosse et le séchoir

électrique, et s'assit à sa coiffeuse. Elle pencha la tête en arrière pour laisser pendre sa chevelure humide.

Amy démêla d'abord les cheveux à l'aide d'un peigne, puis s'activa avec le séchoir et la brosse. Janet se détendit et ferma les yeux. « Qu'il est agréable de se faire bichonner ! » pensait-elle, quand, soudain, une douleur jaillit dans son crâne aussi vive que la flamme d'une allumette. Son cœur se serra. Cet élancement brutal annonçait d'ordinaire une migraine que rien ne calmerait.

« Ah non ! s'écria-t-elle malgré elle.

— Qu'est-ce qui ne va pas ? s'enquit Amy.

— Oh rien, seulement ce fichu mal de tête qui recommence. Et s'il y a une chose qui tombe mal, c'est bien ça.

— Tu sais ce que je pense ? dit Amy. Tu passes trop de temps chez les Sperry.

— Trop de temps chez les Sperry ? Mais ce sont mes amis ! *Nos* amis ! Pourquoi n'irais-je pas chez eux ? Tu y vas bien toi-même pour jouer avec Cindy... » Elle se tut, se souvenant qu'Amy ne s'y rendait plus depuis quelque temps. « Enfin... tu y es allée il n'y a pas si longtemps, corrigea-t-elle en devinant confusément ce qui contrariait sa sœur. Qu'est-ce qu'il y a entre Cindy et toi ? Vous êtes fâchées ?

— C'est à cause des fantômes. Cindy n'en parle plus, mais elle est devenue vraiment bizarre. Elle ne veut plus jouer avec moi, parce que soi-disant je ne la comprends pas. Elle dit que les fantômes sont ses seuls amis. » La voix d'Amy chevrotait un peu. « J'ai peur, tu sais. J'ai peur qu'ils ne s'emparent d'elle et ne la rendent folle. Il y a beaucoup de gens qui pensent que les Dexter étaient des assassins. Et si c'étaient les fantômes qui te donnaient ces migraines ? J'aimerais que tu ailles moins souvent là-bas ! »

Les lèvres d'Amy tremblèrent, ses yeux s'emplirent de larmes.

« Ne t'inquiète pas », dit Janet en se retournant. Elle lui prit les mains : « Ecoute, Amy ne te fais pas de souci. Souviens-toi de deux choses : d'abord, je ne crois pas qu'il y ait un seul fantôme dans cette maison, et puis, s'il y en avait, dis-toi qu'ils sont peut-être très gentils...

— Janet. Tu ne crois tout de même pas aux revenants ? s'écria la fillette d'une voix tremblante.

— Je ne crois pas qu'il y en ait dans la maison des Sperry, mais je crois qu'une âme peut revenir à la vie sous une autre forme que celle qu'elle habitait précédemment... Je suppose qu'on peut alors appeler ça un revenant. »

Amy considéra sa sœur d'un air étonné.

« Et autre chose, poursuivit Janet, ne t'inquiète pas pour mes migraines. » Elle lui pressa les mains, puis se retourna vers le miroir et commença de se maquiller. « Si quelqu'un en est la cause, c'est une personne bien vivante !

— Qui ?

— Cette nouvelle élève au collège : Mirella. Elle court après David comme si je n'existais pas, et ça commence à me taper sur le système. Au début, il a mordu à son jeu, mais maintenant je crois qu'il a compris. Enfin, elle est invitée à la fête, et ce n'est pas le moment pour moi d'être souffrante.

— Suis le conseil de maman : répète-toi que tu te sens bien, et ta migraine disparaîtra.

— C'est bien ce que j'essaye de faire !...

— Tu es quand même un peu pâle, tu sais...

— Mais non ! » s'exclama Janet en colère. Mais Amy devait avoir raison. Ses tempes la faisaient souffrir. Allait-elle devoir lutter toute la soirée contre la douleur ?

« Rassure-toi, tu n'as qu'à te mettre un peu de rouge.

— Exact. »

Janet appliqua le fard sur ses joues, puis se levant, elle passa sa robe. Des sandales et un châle bleu nuit complétèrent l'ensemble. Elle jugea de l'effet dans la glace : elle ne s'était jamais vue aussi élégante. Le rouge et le bleu seyaient parfaitement à sa peau mate et ses yeux noirs.

« Super ! » s'exclama Amy, en insistant pour lui brosser les cheveux une fois encore.

*
* *

Janet se tenait dans le vaste hall d'entrée des Sperry. Elle était la première arrivée. On ne reconnaissait plus la vieille demeure. Les portes et les fenêtres étaient ouvertes à l'air doux et parfumé du soir. Des vases remplis de fleurs et des bougies égayaient les pièces de leurs couleurs et de leurs flammes. On avait enlevé les tapis et ciré le parquet.

Janet regardait autour d'elle, et il lui semblait entendre la rumeur lointaine de voix d'une autre époque. Il était étrange de penser qu'au lieu de couples gantés de blanc et valsant au son des violons, il y aurait bientôt ici toute une jeunesse en blue-jeans qui se démènerait sur la musique d'une stéréo tonitruante !...

« Tu sais, confia-t-elle à Diane tandis qu'elles disposaient les plats du buffet sur la grande table de la salle à manger, la maison ne m'a jamais autant paru d'un autre âge... C'est peut-être à cause des bougies. Imagine les Dexter donnant une fête invisible en même temps que la nôtre ! »

Cindy, qui se trouvait là, en pyjama et robe de chambre, leva la tête vers Janet et lui fit un clin d'œil avant de repartir en direction de la cuisine.

« Tu te mets à parler comme ma dingue de petite sœur ! » plaisanta Diane. Janet haussa les épaules. Diane pouvait bien se moquer, elle n'en trouvait pas moins l'atmosphère puissamment évocatrice de jours anciens. Il lui semblait presque entendre le froissement des longues robes, et le bruit des ballerines de satin. La même lueur douce et vivante avait illuminé ces pièces soixante-quinze ans plus tôt. Le parfum de ces fleurs — celles-là mêmes sans doute dont Clayton avait planté les "ancêtres" ! — se mêlait à l'air de la nuit. Pourquoi ne feindrait-elle pas de... mais feindre n'était pas le mot exact. Il valait mieux ne *pas* feindre, et accepter. Accepter de tendre l'oreille à ces murmures d'une époque révolue et de leur dire : « Oui, je sais que vous êtes là ! »

« Ohé ! Cindy ! appela-t-elle. Tu voudras bien me montrer les plantes que je suis censée arroser pendant que vous serez absents ? »

Cindy revint de la cuisine avec un grand saladier de pommes chips qu'elle posa sur la table.

« Bien sûr, dit-elle.

— Allume les bougies dans la serre quand tu y seras, veux-tu ? » demanda Diane en lançant à Janet une boîte d'allumettes.

Janet et Cindy quittèrent la salle à manger pour la grande porte vitrée à deux battants. Comme elle s'apprêtait à suivre Cindy dans le salon, Janet regarda machinalement en direction du grand escalier. C'est alors que son regard fut attiré en haut et qu'elle entrevit, sur le palier du premier étage, une silhouette rose.

Elle écarquilla les yeux, mais ne vit rien de plus. Personne. Pourtant l'image était déjà inscrite dans sa mémoire : une jolie femme dans une longue robe, qui se dirigeait d'un pas alerte vers le haut des marches. Un frisson la parcourut. Au même moment, résonna à ses oreilles l'éclat cristallin d'un rire féminin

Elle se retourna. Ce ne pouvait être ni Diane ni Cindy. Peut-être quelqu'un qui venait d'arriver ? Non, le couloir était vide.

Cindy ne fut pas dupe, mais ne dit rien. Elle lui montra les quelques plantes du salon, puis l'entraîna vers la serre.

Au temps où ce lieu était le refuge favori de Clayton Dexter, cette serre ne comptait pas seulement une profusion de plantes, mais aussi un bureau à cylindre, un fauteuil, et une petite bibliothèque. Mike Sperry, passionné de jardinage, y avait installé un bureau et une chaise à la manière de Clayton. L'air était humide, riche, et presque enivrant avec cet oxygène exhalé par les feuilles.

Pour la fête, les jumeaux avaient disposé des bougies blanches autour des plantes. Janet s'arrêta devant chaque bougie, gratta une allumette et en offrit la flamme à la mèche. Tandis qu'elle soufflait l'allumette, elle leva la tête et vit son visage qu'éclairait la lueur de la bougie se refléter dans la vitre. Ses yeux lui semblèrent étrangement grands et sombres, comme s'ils exprimaient la surprise ou l'inquiétude. Puis elle se rappela la jeune femme en rose qui lui était apparue fugitivement un instant plus tôt. Elle l'entendit de nouveau rire. Chaque bougie allumée lui donna l'occasion de contempler son reflet et, chaque fois, l'image et le rire se répétèrent.

« *Quelqu'un veut-il me parler ?* » pensa-t-elle soudain.

Lorsque toutes les bougies furent allumées, Cindy lui dit :

« J'ai quelques plantes en haut. Pourras-tu les arroser aussi, quand tu viendras ?

— Bien sûr. Montre-les-moi tout de suite. »

Elles quittèrent la serre et gagnèrent le troisième étage. Cindy lui désigna d'abord les boutures et les plantes qu'elle avait disposées sur les rebords des fenêtres :

« Il y a un arrosoir en plastique sous le lavabo dans ce cabinet de toilette. Arrose-les bien, il ne faut pas qu'elles se dessèchent. »

Janet trouva bizarre que Cindy ait éparpillé ses plantes dans chaque pièce au lieu de les grouper dans la tour, mieux exposée au soleil, mais elle ne lui en fit pas la remarque.

Tandis qu'elles grimpaient le petit escalier qui menait du troisième étage à la tour, Cindy devança Janet dans sa chambre, pour cacher hâtivement quelque chose sous l'oreiller.

Janet s'arrêta à la porte. « Eh bien ! On ne peut pas dire que tu n'aimes pas les plantes ! » s'exclama-t-elle à la vue de l'avocatier qui se dressait à côté de la fenêtre ouest et des fougères dont les pots étaient suspendus devant les autres ouvertures. « Tu devrais avoir une serre, comme ton père, non ?

— J'aime les plantes. Elles sont vivantes, répondit la fillette.

— Je comprends ce que tu veux dire. D'un certain point de vue, elles ne meurent jamais. Elles se reproduisent et repoussent toujours avec une force que rien ne peut contrarier, excepté les désherbants, bien sûr ! »

Cindy considéra Janet avec intérêt. Etait-il possible que la sœur aînée de son amie comprît ces choses-là ?

« Amy me manque, dit-elle, le visage grave.

— Tu sais, dit Janet, Amy aussi a de la peine de ne plus jouer avec toi. Que s'est-il passé entre vous ? »

Cindy alla s'asseoir sur le bord de son lit et croisa les bras.

« Rien, répondit-elle.

— Ecoute, insista Janet, elle est ton amie. Tu lui manques beaucoup, crois-moi. Amy prétend que tu es trop absorbée par ces histoires de revenants...

— Ah ! s'écria Cindy. C'est justement ça, si tu veux tout savoir. Personne ne daigne m'écouter et encore moins me croire ! c'est pourquoi je me tais. A quoi bon avoir des amis, des frères, des sœurs, des parents, si c'est pour se faire traiter de cinglée chaque fois que tu leur dis la vérité ? » Son ton exprimait autant la colère que le chagrin.

Janet demeura un instant perplexe.

« Je te comprends, Cindy, et je regrette que ça se passe ainsi. Je te crois, moi, tu le sais. Je déplore seulement qu'Amy et toi soyez fâchées, c'est tout.

— Si je te raconte ce qu'il en est *réellement*, me promets-tu de le garder pour toi ?

— Je te le promets.

— Dis aussi à Amy que je l'aime beaucoup, et qu'elle me manque, mais que je ne peux pas jouer avec elle pour le moment.

— D'accord, je le lui dirai. »

Cindy se pencha en avant et plongea son regard dans celui de Janet. Elle avait l'air si grave qu'un bref instant, Janet eut envie de rire. Elle s'en garda bien, mais Cindy remarqua le pli involontaire au coin de sa bouche et elle s'écria :

« Tu ferais mieux de ne pas rire ! Sinon, je ne te dirai rien du tout !

— Je te promets de ne pas rire, Cindy.

— Eh bien voilà : les fantômes sont réels. Je te jure qu'ils existent. Et ils sont *gentils*. Mme Wiggins, à la bibliothèque, connaissait bien Cathy. Elle dit que Clay et Cathy étaient des personnes très aimables, très drôles, et qu'ils n'ont jamais fait de mal à qui que ce soit.

— Comment sais-tu que leurs fantômes sont ici ?

— Parce que je les sens ! Quand j'arrive dans une chambre et que l'un deux s'y trouve, ou s'ils entrent dans une pièce où je suis, je sens comme une, comme une... » Cindy ferma les yeux et agita ses mains, cherchant le terme exact. « Une sorte de *gaieté* dans l'air, comme quand quelqu'un s'apprête à te raconter une bonne blague, mais en même temps, c'est plus que ça, parce que je sens aussi qu'il s'agit *d'une certaine personne et pas d'une autre*... tu comprends ce que je veux dire ?

— Euh... oui, répondit Janet, hésitante. Je crois comprendre.

— Les gens prétendent que tous les fantômes sont méchants, reprit Cindy. Ils se trompent complètement : l'on n'est un fantôme méchant que si on a été une personne méchante dans sa vie. C'est évident, non ?

— Oui, bien sûr.

— Il faut savoir se détendre avec les fantômes, se laisser aller pour mieux capter leurs “vibrations”. C'est la seule façon de deviner s'ils sont gentils ou méchants. Un fantôme se manifeste presque toujours par les vibrations, l'atmosphère, si tu préfères. » Cindy plissa les yeux. « Ils peuvent également s'adresser à toi par d'autres signes. Comme la première fois que j'ai senti la présence de Cathy.

— Que s'est-il passé ?

— C'était au début de notre installation ici, et je venais juste d'arranger cette chambre. Je suis allée rapporter le marteau dans la remise, et quand je suis remontée ici, les rideaux se sont mis à danser, comme si le vent soufflait, mais les fenêtres étaient fermées ! Ils ont continué de bouger dix minutes et, pendant tout ce temps, j'avais la certitude qu'il y avait *quelqu'un* dans la pièce. Et je savais que c'était Cathy. Agiter les rideaux, c'était sa façon à elle de me faire savoir sa présence. Tu sais, c'était sa chambre, avant.

— Je sais. » Les échos de la fête commençaient à leur parvenir du rez-de-chaussée. De nouveau la jeune femme en rose apparut à Janet, ses cheveux relevés sur la tête à la mode victorienne. Elle se tenait sur le palier et contemplait la foule dans le hall. Janet se tourna vers Cindy et lui demanda :

« Est-ce que tu les vois, parfois ? »

Un instant, le visage de Cindy se rembrunit comme si un mauvais souvenir lui traversait l'esprit. Puis elle se reprit et déclara :

« Seulement dans mes rêves. Quelquefois ils apparaissent et me disent où retrouver des choses que j'ai perdues. Je sais que c'est eux parce que leur image est beaucoup plus présente, plus précise, que celle qu'on a des gens dans les rêves ordinaires.

— A quoi ressemblent-ils ?

— Eh bien, Clay est grand et il a des cheveux d'un blond pâle et des yeux bleus. Cathy a la même couleur de cheveux. Elle les coiffe relevés sur la tête. Ils ont tous les deux le visage étroit et une façon de plisser les yeux qui leur donne un air heureux et triste à la fois. D'habitude ils portent des vêtements marron et vert foncé, des couleurs champêtres. Mais le plus souvent je *sens* seulement leur présence.

— Et tu la sens aussi bien le jour que la nuit ?

— Bien sûr, à n'importe quel instant de la journée.

— Hum, fit Janet. Euh... sont-ils dans la pièce en ce moment ? »

Cindy ferma les yeux et se tint immobile, comme si elle guettait un lointain signal. Quand elle les rouvrit, ils semblaient plus grands et plus sombres.

« Juste un peu. C'est difficile à expliquer. Maintenant qu'ils sont libérés de leurs corps, ils peuvent très bien être partout à la fois dans la maison, s'ils le veulent. Pour le moment, je les sens surtout en bas ; je crois qu'ils ont envie de se mêler à la fête. Mais il y a un petit peu d'eux-mêmes ici, aussi. Attends... »

Elle ferma de nouveau les yeux.

Juste à ce moment-là, Diane appela depuis le palier du troisième étage :

« Hé, Janet. La soirée est commencée ! »

Cindy posa sa main sur le bras de Janet pour la retenir, tandis que celle-ci répondait à Diane :

« J'arrive ! »

Cindy rouvrit les yeux et lança à Janet un regard perçant.

« Je sens quelque chose », murmura-t-elle. La pulsation d'une musique de rock envahissait la maison, mais Cindy ne semblait pas la remarquer. « Ils veulent que je te dise quelque chose... Ils veulent que tu sois prudente ! Je crois qu'ils me font comprendre que tu cours un danger !

— Bravo ! » s'exclama Janet, tout en se gardant d'un ton moqueur. D'ailleurs les paroles de Cindy l'avaient fait frissonner. « Quel danger ? demanda-t-elle, puis elle jugea qu'il était temps de rompre le charme pour le moins inquiétant de cette conversation, mais sans brusquerie.

— Je ne sais pas. Mais le message était fort. Comment va ta migraine ? »

La question surprit la jeune fille. Elle secoua légèrement la tête :

« Ça va, je n'ai pas mal. »

— Très bien. »

Cindy se mit au lit et ajouta :

« Ecoute, Janet, je te demande de me croire : sois prudente. »

Janet se leva et la regarda :

« Je serai prudente. Tu veux que j'éteigne en partant ?

— Non merci, je vais lire un peu avant de dormir. »

*

* *

Janet s'arrêta sur le palier pour regarder dans le

hall. La fête battait son plein. Elle chercha David parmi la foule des invités, mais il n'était nulle part. Soudain, elle le vit qui sortait du salon avec Diane et Mirella. Tous trois se dirigeaient vers l'escalier.

Mirella portait un jean et un chandail indien bleu nuit avec un col ajouré. Une petite bourse de satin rouge, accrochée à sa ceinture, pendait contre sa hanche. Sa tenue mettait en valeur les formes voluptueuses de son corps. Sa chevelure brillait. Des regards la suivirent alors qu'elle commençait à monter les marches. Elle décochait des sourires charmeurs et sensuels aux garçons, et David avait de nouveau cet air vague qu'il affichait pour cacher sa fascination.

Janet sentit son cœur se serrer, et ses tempes lui firent mal. Quand le trio atteignit le palier, elle s'efforça de se dominer.

« Ah, tu es là ! » dit David en lui prenant la main, et il l'entraîna avec eux.

Mirella les guidait, comme si elle connaissait la maison. Elle jeta un œil dans chacune des chambres qui ouvraient sur le couloir, semblant vouloir vérifier si elles étaient vides. Quand ils parvinrent aux marches qui menaient au troisième étage, elle s'arrêta. Mais Diane intervint :

« Monte, il faut que tu visites aussi le troisième étage. Si Cindy est encore éveillée, elle nous montrera la tour. »

Mirella hésita. A ce moment, il y eut un bruit de pas précipités au-dessus d'eux et une porte claqua. Mirella tressaillit et pâlit. C'était la première fois que Janet la voyait troublée.

« Qu'as-tu, Mirella ? demanda-t-elle. Ce n'était que Cindy qui regagnait sa chambre, tu ne veux pas voir la tour ? C'est une curiosité, tu sais. » Elle éprouva un besoin irrésistible de s'amuser de son embarras.

Mais Mirella n'était pas du genre à se laisse intimider.

« Non merci. Je n'y tiens pas... Je ne m'intéresse guère aux "curiosités architecturales", répliqua-t-elle en coulant un regard de biais vers David. Regagnons plutôt la fête ! »

Ils redescendirent, Mirella et Diane se joignirent aux danseurs.

« Que se passe-t-il ? » demanda David un instant plus tard en désignant le hall où des invités s'étaient soudain rassemblés en cercle. David et Janet s'approchèrent pour découvrir la raison de cet attroupement.

Mirella dansait, avec des gestes lents, sinueux, ondulants. Il y eut quelques sifflements admiratifs, mais elle les fit taire d'un regard, puis se mit à bouger plus vite, plus sauvagement, martelant le sol de ses pieds pour imposer son propre rythme à la musique. Un rythme très marqué, presque animal. Elle tournoyait en secouant sa chevelure pâle. Ses grands yeux étincelaient, les ailes de son nez frémissantes et sa bouche entrouverte.

Janet y vit une danse presque rituelle. Personne ne bougeait, ni ne parlait. Tous contemplaient la scène, fascinés.

« C'est dément ! murmura Janet à David.

— Ahurissant, ajouta Diane, qui se trouvait à côté du jeune homme. Elle ne transpire même pas. »

David demeurait silencieux, apparemment hypnotisé. Janet lui pressa tendrement le bras, mais il ne s'en rendit pas compte.

« Hé ! Où es-tu ? demanda-t-elle. N'oublie pas ta promesse... »

Il eut un sourire absent et lui caressa la joue.

« Ne t'inquiète pas », dit-il d'une voix lointaine.

Les yeux de Janet s'embuèrent. De nouveau sa migraine l'assaillit.

Le morceau s'acheva dans un tintamarre d'instruments à vent où dominaient les saxophones. Mirella demeura alors immobile, campée sur ses jambes légèrement écartées, les bras étirés au-dessus de sa tête, les poings serrés. Une lueur cruelle traversa ses yeux. Puis elle laissa retomber ses bras et sourit à la ronde. Il y eut quelques applaudissements, qu'elle accepta d'un léger signe de tête, avant de s'adresser à son auditoire conquis.

« Merci à tous ! dit-elle d'un ton familier. Et maintenant, je veux vous demander une faveur. » Elle ouvrit son petit sac de satin rouge et sortit un stylo-feutre, un rouleau d'adhésif et une paire de ciseaux de brodeuse. Elle manœuvra les ciseaux, les ouvrant et les refermant pour que la lumière jouât sur leurs branches d'acier, et dit d'une voix forte : « Avant de vous quitter, ce soir, j'aimerais que chacun d'entre vous me donne une mèche de ses cheveux, en souvenir. »

Janet frissonna. Elle se tourna pour parler à David, mais il avait disparu. Mirella était déjà entourée de toute une bande d'adorateurs, impatients de lui offrir la « mèche souvenir ».

Janet gagna le salon et ramassa une pile d'assiettes sales en carton qu'elle porta ensuite à la cuisine pour les jeter à la poubelle. Ses mains tremblaient. Jamais elle ne s'était sentie aussi mal à l'aise et aussi seule. Quand elle revint dans le hall, Annie Lombardo s'approchait de Mirella pour lui tendre sa tête bouclée. Mirella coupa une mèche de ses cheveux bruns, l'enveloppa dans un morceau d'adhésif sur lequel elle inscrivit quelque chose au feutre ; les initiales d'Annie ? Elle déposa enfin l'échantillon dans son petit sac rouge. Puis ce fut le tour le Lenny Johnson, de Carol Ascher, de Jeanie Scanlon. Tous et toutes se pressaient pour satisfaire à sa demande.

Janet s'appuya contre le mur. Sa tête la faisait horriblement souffrir et la fatigue l'accablait, mais surtout sa peur tournait maintenant à la panique. Elle eut beau se raisonner, se dire que les intentions de Mirella étaient innocentes, quand elle vit Diane baisser la tête vers les ciseaux, la jeune fille retint un cri. Trop tard ! Les ciseaux avaient déjà tranché une mèche châtain qui rejoignit les autres dans le sac.

A présent Mirella avait reçu des cheveux de tout le monde sauf de Janet, David et Tommy Jones. Tommy avait le crâne rasé, à l'exception d'une petite natte de style punk derrière la tête. Il en était fier et n'avait aucune envie d'en sacrifier le moindre bout. Mais Mirella ne le lâcha pas ; elle le suivit de pièce en pièce, jusqu'à ce qu'il finît par capituler. Il y eut quelques applaudissements tandis que les ciseaux accomplissaient leur besogne. Tommy vit avec stupeur et tristesse sa mèche nattée disparaître dans la bourse de satin.

Janet aperçut David appuyé contre le pilier au pied de l'escalier. Elle alla vers lui et lui prit le bras.

« David, ne te laisse pas couper les cheveux ! » lui dit-elle angoissée.

David la regarda, sans la voir.

« Pourquoi ? demanda-t-il. Il n'y a aucun mal à cela. Tout le monde l'a fait.

— Je sais... mais si... bredouilla-t-elle, honteuse de

son trouble, si... » Et elle conclut, sinistre : « Je n'aime pas ça, c'est tout.

— Et ton sens de l'humour, Jan ? Il s'agit de donner une mèche, pas d'y laisser son scalp ! »

Les yeux de Janet s'emplirent de larmes.

« Mais je trouve ça tellement... macabre ! dit-elle avec un sanglot. Oh, David, s'il te plaît... ne la laisse pas... fais-le pour moi, même si tu penses que je suis folle... »

David la prit par les épaules.

« Calme-toi, dit-il à voix basse, voyant les nombreux regards posés sur eux. Maîtrise-toi. As-tu de nouveau la migraine ? Veux-tu aller te reposer un peu dans une chambre ? »

C'est alors que Mirella s'avança vers eux.

« Ah ! Vous voilà ! s'écria-t-elle. Il ne reste plus que vous deux ! »

Elle s'approcha de Janet avec un sourire malicieux. De près, ses yeux brun pourpre réfléchissaient étrangement la lumière, comme si leurs pupilles étaient des miroirs sans tain.

« Que se passe-t-il, Janet ? susurra-t-elle d'une voix moqueuse. Tu as peur ? »

Une douleur aiguë vrilla les tempes de Janet.

« Oh ! Elle fait sa mijaurée ! » dit David prenant tout à coup ostensiblement parti pour Mirella. « Tiens, regarde », ajouta-t-il en baissant la tête. Les longs doigts de Mirella plongèrent dans les boucles brunes, les ciseaux étincelèrent. « Tu vois ? Ce n'est rien du tout ! » Et il releva la tête.

« Prête ? » s'enquit Mirella dans un sourire en tendant la main vers la chevelure de Janet.

La jeune fille recula vivement. Elle ignorait pourquoi, mais elle savait qu'elle ne pourrait supporter le moindre contact avec Mirella. Ramassant ses longs cheveux dans sa main gauche, elle fit encore un pas en arrière et se hissa sur la première marche de l'escalier. Mirella avança vers elle.

« Allons, Janet. Es-tu folle ?

— NON ! NON ! » hurla-t-elle en un cri où se mêlaient panique et répulsion, et elle s'élança vers les étages.

Dans le hall, chacun s'était arrêté pour observer la poursuite. « Vas-y, Mirella ! » cria une voix.

« Pourquoi sont-ils tous contre moi ? » se demanda Janet en redoublant de vitesse. La détermination de Mirella était terrible. Elle ne devait surtout pas se laisser acculer dans un coin !

Le troisième étage... Mirella n'avait pas voulu y monter tout à l'heure ! Avec un sursaut d'énergie, Janet grimpa l'escalier. Elle entendait les talons aiguilles de Mirella claquer sur les marches de bois. Elle se mit à appeler : « Cindy ! Cindy ! » et s'élança en courant sur le palier du troisième vers la chambre de la fillette.

L'escalier en colimaçon qui reliait le palier à la tour s'éclaira soudain, en même temps que Cindy ouvrait la porte de sa chambre. « Monte vite ! » lança la petite silhouette en pyjama qui se découpait dans l'encadrement de la porte. Janet franchit les dernières marches et rejoignit Cindy. Le bruit des pas qui la poursuivaient avait cessé. Mirella s'était arrêtée à mi-chemin du troisième étage.

« Calme-toi, Janet. Ça m'est égal après tout, si tu ne veux pas me donner une mèche de tes cheveux », jeta Mirella. Puis Janet et Cindy l'entendirent qui redescendait.

Janet haletait. Elle suivit Cindy dans sa chambre et s'assit sur le lit. « Elle voulait me couper une mèche de cheveux, expliqua-t-elle. Elle l'a fait à tous les invités. Sauf à moi. Je ne sais pas pourquoi, mais ça me panique complètement. »

Cindy la considéra d'un air grave en hochant la tête :

« Tu n'as qu'à attendre là jusqu'à ce qu'elle soit partie. Elle ne peut monter jusqu'ici à cause des plantes.

— A cause des plantes ? »

Janet n'était pas sûre d'avoir bien entendu. Mais Cindy avait parlé avec une telle assurance qu'elle n'osa pas lui demander d'explication.

David apparut à la porte de la chambre. Il semblait inquiet.

« Ah ! Te voilà ! dit-il à Janet. Qu'est-ce qui t'a pris de t'enfuir comme ça ? Que se passe-t-il ? Tu ne te sens pas bien ? »

Il s'approcha d'elle et lui prit le visage entre ses mains.

« Excuse-moi, dit la jeune fille, mais je ne veux pas qu'elle me coupe une mèche de cheveux, c'est tout.

— Eh bien, ne t'inquiète plus. Mirella a dit qu'elle y renonçait. S'il te plaît, redescends, maintenant.

— Je viens aussi, déclara Cindy. Je ne peux pas dormir, de toute façon.

— Oh ! non, toi tu restes là, dit David. Il est beaucoup trop tard, et maman serait furieuse si je te laissais veiller. »

Elle n'insista pas.

Janet avait mal à la tête.

« D'accord, je viens », admit-elle, épuisée. Elle suivit David. Parvenue à la porte, elle se retourna : « Merci, Cindy, dit-elle.

— De rien », répondit la fillette en lui adressant un clin d'œil.

*
* *

La fête tirait à sa fin. Quelques invités dansaient encore, mais les autres s'étaient divisés en petits groupes et bavardaient en finissant leur bière.

Mirella avait disparu ; toutefois Janet restait sur la défensive. Elle se tenait près de David, scrutant tout à tour chaque groupe. Mais les lumières étaient si tamisées, l'air si enfumé et les allées et venues si fréquentes qu'elle avait du mal à reconnaître les uns et les autres.

« Tu veux une bière ? » lui proposa David. Elle acquiesça d'un signe de tête. « Ne bouge pas, je vais en chercher. » Il disparut en direction du salon.

« Je n'ai pas envie de boire, pensa Janet. J'ai seulement envie de dormir. Mais je ne dois pas fermer les yeux. Je serai alors sans défense. » Toutefois elle se laissa aller à dodeliner de la tête. « Où est David ? Il est parti depuis si longtemps. Mes paupières sont si lourdes. Peut-être qu'en fermant les yeux, juste une minute... J'ai l'impression qu'on me touche les cheveux... oui. OUI ! »

Une main se glissait comme un serpent jusqu'à elle et s'emparait de sa chevelure. Elle se redressa d'un bond. Un objet s'écrasa avec fracas sur le sol, suivi d'un cri d'épouvante.

Des morceaux d'un pot de grès, de la terre et les

tiges d'une fougère jonchaient le parquet du hall. Janet sentit une petite main lui serrer fortement le poignet. Elle baissa les yeux et rencontra le regard de Cindy, puis, sur un signe de l'enfant, elle se retourna et vit Mirella figée contre le pilastre de l'escalier. C'était elle qui avait crié.

Elle était d'une pâleur cadavérique, presque bleue, et semblait asphyxiée. Ses lèvres, d'une couleur terreuse, découvraient ses dents. Son regard exprimait une répulsion intense et allait de la plante gisant sur le sol, telle une énorme araignée verte, à Cindy qui soutenait sans ciller son regard.

« Elle allait te couper une mèche de cheveux, dit-elle à Janet, mais j'étais cachée là. » Elle désigna le couloir derrière l'escalier. « Et je lui ai jeté la plante. J'étais sûre que ça l'arrêterait. »

Janet ne savait que dire. Pourquoi la plante ? Elle aurait pu jeter n'importe quoi ; un soulier aurait fait l'affaire. Oui, pourquoi une *plante* ?

Mirella plissa les yeux et un éclair de haine en jaillit. Ses lèvres esquissèrent un ricanement, mais retrouvèrent aussitôt leur sourire enjôleur. Son visage reprit des couleurs. Elle se détacha du pilastre, traversa le hall, et, après un signe d'adieu à la ronde, franchit la porte.

Les témoins de la scène restèrent un instant médusés. Puis David entreprit de balayer les débris. La fougère gisait sur le sol comme un poisson hors de l'eau. Cindy la ramassa avec tendresse.

« Je vais la rempoter, dit-elle. Elle reprendra. Les plantes reprennent toujours vie. »

Janet la suivit jusqu'à la serre. Après l'atmosphère

enfumée des autres pièces, l'air doux et humide la soulagea, mais sa migraine était telle qu'elle n'aurait su dire où elle se trouvait. En tout cas, elle n'était pas dans son lit ! Elle s'assit sur un tabouret de bois et, le regard vide, observa Cindy en train de replanter la fougère.

David apparut. « Cindy, peux-tu m'expliquer ce qui s'est passé ? » Il aperçut alors Janet et s'approcha d'elle : « Janet, qu'y a-t-il ? Je ne comprends pas. »

Elle fut saisie d'un tremblement nerveux et se prit la tête dans ses mains :

« J'ai tellement mal au crâne que je n'y vois plus rien. Raccompagne-moi à la maison, veux-tu ? »

Elle ne se rendit pas compte que David la portait jusqu'à la voiture et perdit conscience pendant le trajet. Quand il la déposa devant sa porte, elle ne pouvait presque plus ouvrir les yeux.

« Je ne savais pas que tu étais malade à ce point, dit-il.

— Je dois te poser une question, articula-t-elle avec effort. Pourquoi t'es-tu ligué avec Mirella contre moi ? »

Il fronça les sourcils :

« Ligué contre toi ?

— Oui... au sujet de mes cheveux. Je ne voulais pas qu'elle me coupe une mèche, et quand je t'ai vu te ranger de son côté, j'ai... j'ai eu vraiment peur. »

Il la regarda, visiblement troublé :

« Je ne comprends pas... Je n'ai pris le parti de personne... De quoi parles-tu ?

— Tu ne te rappelles pas les méchants petits ciseaux de Mirella et sa collecte de cheveux ?

— Janet, je crois que tu délires. Nous en reparlerons demain après une bonne nuit de sommeil.

— David ! Il n'y a pas deux heures, tu t'es fait couper une belle mèche de cheveux par Mirella. Ne me dis pas que tu ne t'en souviens pas !

— Tu as raison, Janet, tu as raison », répondit-il hâtivement.

Elle savait qu'il ne la croyait pas, mais cela n'avait pas d'importance pour le moment : elle avait trop mal à la tête pour discuter.

« Tu es malade, voilà tout », conclut David. Il passa son bras autour de ses épaules. « Tu devrais voir un docteur.

— Je n'aime pas les médecins, et de toute façon, le mal dont je souffre n'est absolument pas de leur ressort.

— Ne dis pas de sottises. Je ne veux pas que tu prennes le moindre risque. S'il te plaît. » Il l'embrassa. « Tu sais combien tu comptes pour moi.

— Vraiment ? » lança Janet en s'écartant pour rentrer chez elle.

CHAPITRE 7

Cette nuit-là, persuadée qu'une lecture approfondie du journal de Clayton lui fournirait la clé de ce qu'elle cherchait, Cindy passa des heures à lire à la pâle lumière de sa lampe de chevet. Elle tourna la page datée du 14 mai 1907 :

« *La maison et la campagne ne sont plus qu'un immense instrument de musique sur lequel jouent les innombrables doigts infatigables de la pluie. Il fait aussi humide dedans que dehors.*

« Maman est encore chez grand-mère. Papa ne rentre que très tard de la forge chaque soir. Les esprits des disparus, pris dans cette monotonie grise et verte, sont pleins de mélancolie et d'impatience. J'aime la pluie, d'ordinaire, mais Vera me manque tellement ! Elle a été malade, et je ne l'ai pas vue depuis bientôt une semaine. Dès notre prochaine rencontre, je lui demanderai de m'épouser.

« Je ne peux plus attendre ! Je crois que je vais le faire de la façon la plus spontanée, comme on dit : "Veux-tu me passer le sucre, s'il te plaît ?", et elle me répondra d'un ton tout aussi dégagé : "Mais oui, c'est une excellente idée." Alors nous éclaterons de rire.

« Pour tout dire, ce n'est pas un mal qu'elle ne puisse nous rendre visite en ce moment. L'atmosphère de la maison est en effet d'une grande tristesse. Cathy, en particulier, file un mauvais coton. Elle a perdu toute énergie et n'a plus aucun sens de l'humour. Elle reste confinée dans sa chambre la plupart du temps, seule ou avec Margery, et quand elle en sort, il est visible qu'elle a pleuré. Elle me parle à peine, semblant garder toute sa force pour retenir ses larmes. Je m'inquiète beaucoup à son sujet. Quand j'essaie de lui parler, je n'obtiens pour toute réponse que soupirs et vagues bougonnements. J'aimerais bien savoir ce que peut lui raconter Margery durant leurs longues et secrètes conversations.

« Margery devient de plus en plus étrange chaque

jour. Je n'aime pas davantage l'influence qu'elle a sur Ralph et Lizzie. Elle n'élève jamais la voix contre eux, mais ils me semblent avoir peur. Pour être sincère, j'aimerais qu'elle s'en aille.

« Lundi dernier, je l'ai surprise dans une attitude qui m'a définitivement guéri de mon ancienne attirance pour elle. Je revenais d'une course en ville et, en rentrant dans ma chambre, je l'ai trouvée occupée à ôter soigneusement tous les cheveux de ma brosse !

« Elle était si absorbé dans sa tâche qu'elle ne m'a pas entendu arriver. Quand je lui ai finalement demandé : "Que faites-vous ?", elle a sursauté, mais s'est vite reprise et m'a répondu avec un sourire malicieux : " Je nettoyais votre brosse à cheveux." Je lui ai rétorqué que le nettoyage de mes objets personnels ne la concernait pas. Elle s'est contentée d'acquiescer bien que je ne sache toujours pas ce que j'aurais pu lui reprocher de plus. L'incident m'a mis mal à l'aise. J'y ai senti quelque chose de profondément malsain et obscur.

« D'une certaine façon, c'est un soulagement d'avoir une raison supplémentaire de me méfier. Je ne sais pourquoi, mais je la trouve vraiment dangereuse. Lorsqu'elle se trouve dans les parages, je ne me sens à l'abri que dans la serre. Elle n'y pénètre jamais, et c'est là que je me réfugie dès que j'en ai le loisir. Mes chères plantes m'y tiennent compagnie, à défaut de Vera. Ce n'est que parmi elles que je peux trouver la paix et m'abandonner, serein, à mon travail. »

« Zut ! grogna Cindy en découvrant que les deux ou trois pages suivantes avaient été arrachées du cahier.

Et juste au moment où ça devenait intéressant », marmonna-t-elle, dépitée.

Mais elle ne put spéculer longtemps sur la suite manquante : le sommeil l'emportait déjà.

CHAPITRE 8

Le lundi qui suivit la fameuse soirée, la famille Sperry partit pour Washington. Janet avait promis de s'occuper des plantes dès le mercredi. Ses maux de tête s'étaient dissipés le lendemain de la fête, mais il lui en restait une grande fatigue. Elle avait l'impression que le mal réapparaîtrait dès qu'elle secouerait l'étrange torpeur qui s'était emparée d'elle.

Elle dormit jusqu'à dix heures chaque matin et fit une sieste l'après-midi. Son sommeil était agité de cauchemars. Elle se réveillait fatiguée et n'avait qu'une envie : dormir encore. Quand elle ne dormait pas, elle demeurait prostrée, incapable de se livrer à la moindre activité. Ses parents commencèrent de s'inquiéter et insistèrent pour qu'elle vît un médecin. Elle refusa, prétendant qu'elle avait seulement besoin de repos. Après tout, elle était en vacances.

Mais Janet ne pouvait le cacher. Quelque chose n'allait pas, et son mal empirait. Elle ne trouvait plus aucun intérêt à rien, cette apathie l'effrayait.

Quand vint le mercredi, Janet hésita à se rendre seule dans la grande maison désertée des Sperry. Pourtant, elle avait envie de retrouver cette émotion ressentie au début de la fête, quand elle avait discuté des fantômes avec Cindy. Se manifesteraient-ils à elle, ainsi qu'ils l'avaient fait pour la fillette ? Sa réticence à y aller était d'autant plus forte qu'un obscur pressentiment le lui déconseillait.

Tard dans l'après-midi, elle se força toutefois à se lever, mit ses chaussures et descendit au salon. Amy regardait la télévision. Janet ne voyait que le sommet de son crâne qui dépassait du dossier du divan.

« Je vais chez les Sperry pour arroser les plantes, dit-elle. Tu veux venir ?

— Non merci. » Le ton de sa sœur était sans réplique.

« Aurais-tu encore peur, par hasard ?

— Pas le moins du monde, mais je suis en plein milieu du film. Pourquoi ne le regardes-tu pas avec moi ? Et d'ailleurs je pense que tu ne devrais pas y aller.

— Mais j'ai promis ! Si je n'y vais pas, les plantes vont mourir. »

Amy se redressa contre le dossier et tourna la tête pour regarder sa sœur :

« Laisse les fantômes arroser eux-mêmes leurs plantes.

— Allez, viens avec moi, insista Janet en se retenant de rire pour ne pas la vexer. Si l'invisible t'inquiète tant, viens pour me protéger.

— Non, je ne veux pas aller là-bas.

— D'accord, mais s'ils s'emparent de moi, ce sera ta faute.

— Ça ne risque pas de t'arriver. »

La fillette s'efforçait visiblement de ne pas montrer à quel point le sujet l'effrayait.

Dehors, le soleil qui déclinait au loin teintait d'orange les pierres et les arbres. Janet pédalait rapidement. Un sursaut d'énergie la portait, et, surtout, elle voulait terminer sa tâche avant le coucher du soleil. Elle jeta un regard sur son ombre qui s'étirait, immense, au-delà de la route. « Je n'ai qu'une demi-heure », estima-t-elle. Elle força davantage sur les pédales et grimpa la côte avec plus de facilité que de coutume.

Elle sentit la présence obscure de la maison bien avant de la voir. Pourquoi lui paraissait-elle si grande aujourd'hui ? Elle se dressait devant elle, masse sombre que veillaient les grands arbres. Le soleil se couchait derrière la tour. Les rideaux blancs des fenêtres de Cindy pendaient, immobiles. Toutes les ouvertures étaient fermées. On ne percevait nulle part le moindre bruit, le plus léger mouvement. Il y avait comme un voile opaque tout autour de l'imposante demeure.

« *Je ne veux pas entrer là-dedans* », fut sa première pensée. Elle se reprit : « Allons, ce n'est que la maison de David et de Diane. Ils ne sont pas chez eux en ce moment. Tu dois leur rendre un service. Alors, fais-le ! »

« *Je ne veux pas y entrer ! La maison a l'air trop tranquille, comme si elle était contente qu'ils soient partis.* »

« Ne sois pas idiote. Ce n'est qu'une demeure vide. »

Elle ressentit une douleur aiguë à la tête. « L'on me guette... je suis peut-être la proie... *Je ne veux pas y aller ! Il ne faut pas que j'y aille !* »

Mais Janet avança cependant jusqu'à la porte. Sa main tremblante sortit la clé de sa poche et l'inséra dans la serrure.

« *Il est encore temps de partir, demain je donnerai cinq dollars à Amy pour qu'elle vienne avec moi, et nous nous occuperons des plantes tranquillement, en plein jour.* »

« Allons, calme-toi. Tu as trop d'imagination. Que peut-il t'arriver ? Tu sera soulagée quand tu auras fini, et tu rentreras toute contente chez toi. »

La porte s'ouvrit avec un grincement qu'elle n'avait encore jamais remarqué. Janet s'avança dans le hall d'entrée.

La dernière fois qu'elle s'y était trouvée, les lieux retentissaient des rires de la fête. Les lueurs des bougies, ses amis qui dansaient, tout cela lui parut soudain très loin. La demeure, silencieuse et lugubre, semblait abandonnée.

« Est-ce que je rêve ? ou bien... On dirait qu'une drôle d'odeur flotte dans l'air... Voyons, reprit-elle, est-ce que j'arrose d'abord les plantes du rez-de-chaussée ou celles de Cindy ? »

L'idée de monter l'escalier jusqu'à la tour la fit frissonner. Soudain, alors qu'elle se tenait là, dans le couloir, hésitante, la porte grinça derrière elle. Au moment même où elle se retournait, elle se referma dans un déclic.

« *Comment se fait-il ? Il n'y a pourtant pas de courant d'air.* Allons, ACTIVE-TOI, au lieu de t'angoisser ! »

Elle fit de la lumière dans l'escalier et se mit à monter, sans pouvoir se débarrasser de la pénible impression d'être suivie.

Quand elle atteignit le troisième étage, elle remplit l'arrosoir et arrosa les plantes que lui avait désignées Cindy. Elle se sentait plus tranquille à présent. Puis elle refit provision d'eau et prit le petit escalier qui conduisait à la tour.

A peine posa-t-elle le pied sur la première marche qu'elle s'arrêta. Un rai de lumière filtrait sous la porte de Cindy. Aurait-elle oublié d'éteindre ? Elle se rappela que, de l'extérieur, les fenêtres de la tour étaient sombres. Qui pouvait se trouver là ? Janet décida qu'elle n'avait aucune envie de le savoir et qu'elle ferait mieux de rentrer chez elle et de demander à son père d'appeler la police. Elle allait se retirer sur la pointe des pieds quand elle comprit d'où provenait la lumière. Elle éclata de rire et se traita d'idiote. Elle monta les marches et ouvrit la porte.

La lueur rougeâtre du crépuscule emplissait la chambre et miroitait sur le parquet ciré jusqu'à la porte. Le rai de lumière inquiétant n'avait pas d'autre cause.

Elle en éprouva un tel soulagement qu'elle se mit à chanter en arrosant l'avocatier et les fougères. Quand ce fut terminé, le jour commençait de tomber. La jeune fille quitta la chambre et dégringola l'escalier en sifflant aussi fort qu'elle le pouvait. Mais comme elle allait atteindre le premier étage, elle se tut brusquement et se figea sur place en retenant son souffle.

« Quelqu'un marche au rez-de-chaussée. »

Une lame de parquet grinça. Elle resta immobile, puis le silence revint. « Mon imagination me joue des tours », se dit-elle, et elle fit quelques pas prudents dans l'escalier.

De nouveau le même bruit, puis un autre, tout différent ! Une sorte de sifflement rauque.

Elle s'arrêta, la main crispée sur la rampe, tout son corps tendu par la peur.

Du rez-de-chaussée, lui parvint le léger grincement d'une armoire qu'on refermait.

« Je suis prise au piège. Il n'y a pas d'autre issue. » Son cœur battait à se rompre. *« Qui que ce soit, il m'a entendue chanter et siffler. »*

Elle sentit une onde maléfique s'élever dans l'escalier.

« J'ai déjà eu cette impression quelque part, mais où ? »

Elle savait que tandis qu'elle se tenait là, paralysée, le soleil se couchait et qu'il ferait bientôt nuit.

Pendant quelques minutes, le silence retomba.

« Tu vois ? se dit-elle, il n'y a rien. C'est seulement ton imagination. Cindy ne t'a-t-elle pas dit que les fantômes étaient inoffensifs ? Allons, il faut descendre. Tu ne vas pas rester plantée là toute la nuit. »

Elle descendit rapidement les marches, ne s'arrêtant qu'une seconde pour éteindre, se hâta de traverser le palier et dévala le dernier étage. Elle s'arrêta en bas, rassurée par la vive lumière du grand lustre du couloir.

Malgré son envie de courir jusqu'à la porte d'entrée et de rentrer chez elle, Janet se souvint qu'il y avait encore quelques plantes à arroser. Elle ne pouvait partir sans s'acquitter jusqu'au bout de sa tâche. D'autant plus qu'elle voulait à tout prix éviter de remettre les pieds dans cette maison sinistre avant le retour des Sperry.

Elle se dirigea vers la serre. « Personne ne s'en doutera jamais, pensa-t-elle, mais je mériterai la médaille du courage, après cela. » Une fois dans la serre, elle remplit un arrosoir, puis regagna le salon pour arroser les plantes.

Elle allait rapporter l'arrosoir dans la serre, quand de nouveau les mêmes bruits retentirent au premier étage : le craquement du plancher et la voix, mais plus forte, cette fois. Une plainte rauque et sourde, comme celle d'un chien grondant.

Et puis cette même odeur... pestilentielle. Cette fois, Janet déposa l'arrosoir sur le tapis du salon et se dirigea vers la porte d'entrée. *« Ça suffit maintenant. Je rentre. Papa n'aura qu'à passer ici demain et arroser les plantes de la serre. De toute façon, je ne me sens pas bien. »*

Dans le couloir, le lustre s'éteignit brusquement. Janet courut à la porte et tira sur la grande poignée de cuivre pour l'ouvrir, mais elle resta obstinément fermée !

L'odeur devenait étouffante.

Elle se retourna et surprit un mouvement sur la galerie du premier étage. Elle cligna des yeux et vit dans la lumière crépusculaire une silhouette vêtue d'une cape noire. Alors que l'apparition se hâtait vers l'escalier, Janet l'entendit pousser une plainte furieuse et grincer des dents.

Dans la seconde qui suivit, elle se demanda avec affolement si elle devait essayer de nouveau d'ouvrir la porte ou bien s'il valait mieux courir vers la cuisine en passant par la salle à manger et sortir par la porte de derrière. Puis, soudain, obéissant à une impulsion apparemment irraisonnée, elle s'élança vers le salon et la serre.

« Que fais-tu ? lui cria sa raison. Tu seras prise au piège ! »

La silhouette noire s'était lancée à sa poursuite.

Le halo pourpre du soleil couchant incendiait la serre. L'air y était doux et sucré. Janet s'en emplit les poumons avec reconnaissance. Elle ferma les yeux une seconde, et heurta quelque chose : elle sursauta. Ce n'était qu'un petit escabeau. Soudain, elle se sentit calme et forte. Sa pensée redevint claire, aiguë. Elle s'empara de l'escabeau et se retourna pour affronter l'inconnu.

L'obscurité avait envahi le salon. Janet ne pouvait distinguer l'onde essayant de se glisser dans la serre. L'odeur était presque insupportable. Quand sa vue se fut accoutumée à la pénombre, elle vit la silhouette qui se pressait contre le mur du passage conduisant du salon à la serre. Au fond du capuchon, luisait un visage pâle et à demi décomposé. Une voix sèche et monotone sortit soudain du capuchon, crachant avec ses mots des bouffées pestilentielles :

« Bien joué, hein ? Tu te sais en sécurité pour le moment. Mais pas pour longtemps. Il te faudra bien sortir, à la fin, et tu disparaîtras de mon chemin. *Il* n'est pas très malin. *Il* ne pourra m'échapper cette fois. *Il* sera à moi, pour toujours ! »

Sans se rendre compte de ce qu'elle faisait, Janet souleva l'escabeau et, avec une force qu'elle ne se connaissait pas, s'en servit comme d'un bélier pour défoncer l'une des vitres de la serre, puis elle se faufila rapidement par l'ouverture.

Une fois dehors, son assurance faiblit. Elle sentit la panique monter en elle, mais elle se força à réagir. Il lui fallait garder tout son calme pour faire cesser ce cauchemar.

L'obscurité envahissait le sous-bois. Elle s'obligea à marcher normalement jusqu'à la grille. Sentant confusément que ce spectre ne la poursuivrait plus, elle parvint à se retenir de courir comme une folle.

Malgré ses tremblements, elle poussa tranquillement sa bicyclette dans l'allée. Elle l'enfourcha dès qu'elle fut sur la route, et la lumière du phare la rassura tandis qu'elle dévalait la colline.

Cependant ses tremblements s'accentuaient à mesure qu'elle prenait de la vitesse. Son épreuve était terminée, mais la force et la clairvoyance qu'elle avait manifestées face au péril, disparaissaient maintenant pour faire place à une panique rétrospective qui lui battait les tempes.

Janet ne sut jamais comment elle regagna sa maison. En atteignant le pied de la colline, la migraine martelait ses tempes. Chaque battement de son cœur voilait un peu plus sa conscience. Elle continuait de pédaler et de diriger sa bicyclette comme un automate.

Elle poussa un long cri aigu quand elle entra dans la maison. Amy et ses parents accoururent et la trouvèrent dans le couloir, les yeux grands ouverts, mais vides de toute expression. Elle continua de crier jusqu'à perdre le souffle, puis elle inspira profondément et se remit à crier sur la même note aiguë. Amy fondit en larmes. Quand M. Gray prit Janet par les épaules, son cri se transforma en sanglots. Elle se jeta dans les bras de son père et s'accrocha à lui. Puis elle tendit les bras vers sa mère, guettant un réconfort de toute la famille.

Ils la montèrent dans sa chambre. Sa mère la mit au lit pendant que son père appelait un médecin. Quand il revint, elle était couchée et frissonnait violemment malgré les couvertures. Sanglotant toujours, elle agrippait la main de sa mère. Son père lui fit boire une rasade de whisky. Au bout d'un moment, son tremblement cessa. Elle essaya de parler mais ce qu'elle avait à dire était si horrible qu'elle éclata de nouveau en sanglots.

« Ma tête... ma tête ! » ne cessait-elle de répéter. La douleur lui enserrait le crâne dans un étau si cruel qu'elle lui brouillait complètement les idées. Elle désirait désespérément raconter aux siens ce qui lui était arrivé, dire sa terreur pour s'en libérer avant de s'évanouir.

Par fragments entrecoupés de hoquets, elle commença : « Chez les Sperry... un cadavre... pourri... puant... vêtu de noir... m'a poursuivie. Il voulait me tuer... Je me suis sauvée en brisant une fenêtre... » Et au moment où le néant l'emportait, elle comprit qu'ils ne la croiraient jamais.

Son père et sa mère se regardèrent avec une stupéfaction douloureuse : leur fille était à coup sûr en train de sombrer dans la dépression nerveuse la plus grave... sinon dans la folie !

Le docteur arriva peu après. Il examina Janet puis appela une ambulance.

M. Gray téléphona à la police et lui demanda d'aller inspecter la maison des Sperry. Quand les policiers rappelèrent quelques heures plus tard, ce fut pour dire qu'ils n'avaient rien trouvé d'anormal, hormis une vitre brisée dans la serre, un arrosoir renversé dans le salon, et une mauvaise odeur — celle d'un rat crevé probablement, pensaient-ils.

Le lendemain, M. Gray fit changer la vitre.

CHAPITRE 9

Après une journée à se promener dans Washington avec sa famille, Cindy n'avait pas d'autre envie que de reprendre sa lecture du journal de Clayton. Le lundi 17 mai, le jeune homme écrivait :

« Le plus grand jour de ma vie ! Nous allons nous marier. Je suis fou de foie ! Je suis tellement heureux que je ne peux pas dormir. La vie semble enfin me sourire.

« Vera m'a envoyé un mot hier, pour m'annoncer sa guérison. Aussi dès ce matin je suis allé la voir. L'air transportait un parfum de fleurs et des chants d'oiseaux. Nous sommes restés assis, respirant et écoutant religieusement. Il n'y avait rien à dire. Le plaisir d'être ensemble suffisait, mais je me suis tout de même décidé. "A propos, ma chérie", quand allons-nous nous marier ?" lui ai-je demandé.

« Elle ne broncha pas mais répondit avec un calme olympien :

"Oh, je ne sais pas... le mois prochain, ce serait parfait.

— En juin ? Veux-tu donc que les gens nous prennent pour des esclaves de la tradition ?

— Oh ! Laisse-les penser ce qu'ils veulent. Un peu de tradition ne risque pas de nous faire du mal." Puis elle me regarda, ses yeux pétillaient, et elle éclata de rire en se jetant dans mes bras.

« Tout le monde partage notre joie. Cathy surtout, et c'est bon de la voir de nouveau sourire. Je crois qu'elle ne sera pas mécontente de mon départ, malgré toute l'affection qu'elle me porte. Seule Margery prend la chose fort mal. Le contraire m'eût étonné. Depuis que je l'ai surprise avec ma brosse à cheveux, elle m'évite le plus souvent. Quand Cathy lui a annoncé mon prochain mariage, elle a simplement dit : "oh ! félicitations", tout en continuant de monter l'escalier.

« Samedi prochain, nous donnerons un dîner, juste pour nos deux familles ; nous célébrerons nos fiançailles et nous parlerons de l'avenir. »

*

* *

Cindy reposa le livre sur ses genoux et se frotta les yeux. A cet instant David et Diane entrèrent dans la chambre.

« Oh, non, gémirent-ils à l'unisson, ne nous dit pas que tu as amené tes fantômes avec toi. »

Cindy bouillonnait intérieurement. Quand comprendraient-ils ?

David se laissa tomber sur le lit :

« Alors, sœurette, que se passe-t-il chez les zombies, ce soir ?

— Il se passe que j'étais en train de lire quelque chose de très intéressant à propos de Margery.

— Ah, la mystérieuse Margery !

— Allons, David, laisse-la parler, intervint Diane. Qu'as-tu découvert à son sujet ?

— Elle a gâché le dîner de fiançailles de Clayton.

— La belle affaire ! » ironisa David.

« Franchement, pensa Cindy, quand est-ce que ce grand dadais deviendra sérieux ? »

« Que s'est-il passé exactement, Cindy ? demanda Diane.

— Eh bien, apparemment tout le monde s'amusait bien. Toute la famille de Vera se trouvait là, et tous les Dexter avec eux. Seule Margery demeurait sagement dans son coin. Et quand on a porté un toast en l'honneur du nouveau couple, elle est restée muette comme une carpe.

— C'est terrifiant ! » lâcha David d'un ton moqueur.

Cindy l'ignora.

« Et puis, subitement, Margery a commencé de dire à Cathy combien ce serait terrible pour elle quand elle aurait "perdu" Clayton et qu'elle se retrouverait toute seule.

— C'est curieux, dit Diane.

— Oui, je sais. Tiens, écoute ça. »

Cindy prit le cahier relié de cuir et se mit à lire à haute voix :

« *Pense à ce que tu éprouveras, Cathy, quand leur cabriolet emportera les jeunes mariés. Pour la première fois de ta vie, tu sauras ce que c'est qu'être abandonnée. Sans lui, sans ton frère jumeau, comment pourras-tu te reconnaître ? Tu seras comme quelqu'un qui se regarde dans un miroir et ne voit plus son image. Tu te sentiras inutile, délaissée, comme une épave...*

— Elle est lugubre, cette Margery, commenta Diane quand Cindy eut terminé de lire.

— Oui, et Clayton écrit que les invités ne perdaient pas une parole. Ils écoutaient tous.

— Lis encore », demanda Diane.

Cindy reprit :

« *Peu à peu, la gaieté s'éteignit. A la fin ils étaient tous figés d'horreur et d'embarras. Cathy s'était effondrée sur sa chaise comme une plante dont les racines sont dévorées par les vers.*

— Quelle étrange image ! s'exclama David.

— Je croyais que ces choses ne t'intéressaient pas ? » rétorqua Cindy, vengeresse, puis elle continua : « *Je crois que je me serais penché par-dessus la table pour frapper Margery, si Vera ne s'était brusquement levée. Elle était très pâle. Ses yeux étincelaient de colère et elle regarda sévèrement Margery.*

"Qu'essayez-vous de faire ?" dit-elle. Sa voix tremblait d'émotion. "Pourquoi voulez-vous gâcher notre bonheur ? Nous désirons seulement que nos vies et celles de ceux que nous aimons soient les plus

heureuses possibles. Et vous, vous ne nous souhaitez que misères et désespoir.

"Maintenant écoutez, Margery, Cathy est et sera toujours la sœur bien-aimée de Clay. Pour moi, elle est une amie très chère et, bientôt, je suis heureuse de le dire, elle sera aussi ma sœur. La seule que j'aurai, car je n'en ai pas d'autre. Qu'est-ce qui vous permet de penser que nous l'abandonnerons à la solitude ?

"Vous prétendez avoir de la compassion, mais c'est faux. Après toutes les épreuves que vous prétendez avoir traversées, vous devriez être compréhensive et indulgente. Pourtant vous ne faites que gâcher notre joie et nous charger de culpabilité et d'inquiétude. Je vous croyais plus fine. Utilisez donc votre force comme le font les plantes qui se tournent vers le soleil. Alors vous serez heureuse."

— Bravo ! s'exclama David. Voilà une femme comme je les aime ! »

« Clayton se serait exprimé de la même façon », songea Cindy. « Mais ce n'est pas tout, dit-elle. Après l'intervention de Vera, Clayton écrit que Margery semblait transformée... attendez, voilà, c'est là. » Elle poursuivit :

« Le joli visage de Margery devint alors grimaçant, comme si les paroles de Vera avaient desséché sa peau. Elle verdit et quittant sa chaise, s'approcha de sa rivale pour lui souffler au visage d'une voix basse et rauque : "Le bonheur ! Vous ne serez jamais heureuse ! Vous n'épouserez jamais Clay. Vous mourrez et votre "précieuse" Cathy perdra l'esprit. Clay m'appartient ! Il sera à moi... et un jour, tôt ou tard, tout le monde le saura !"

— Eh bien ! s'exclama Diane.

— Clayton était stupéfait, ajouta Cindy, et Vera sur le point de s'évanouir. Clayton dit que *"Margery avait pris une apparence horrible, même pas celle d'un fantôme, mais d'une sorte de monstre indéfinissable, indescriptible..."*

— En tout cas, pas le genre de fille que j'inviterais à danser ! » plaisanta David.

Diane gloussa.

Cindy ne dit rien. Elle souhaitait seulement que son frère et sa sœur s'en aillent et la laissent seule avec son cher journal.

CHAPITRE 10

Janet rêvait. Un brouillard épais l'environnait. Une odeur fétide s'élevait du sol et se mêlait à la brume. L'endroit lui paraissait familier, mais il y manquait un détail essentiel qui l'empêchait de l'identifier.

Elle concentra son regard sur la clairière : il lui semblait que le détail manquant devait être là. Elle vit alors le sol bouger et se soulever, comme une tumeur enflant brusquement sous la peau, puis il se craquela et s'entrouvrit. La puanteur devint si forte que Janet recula et se retrouva acculée contre le tronc d'un arbre. Elle était soulagée de pouvoir s'appuyer aux basses branches humides qui l'entouraient comme autant de bras, car ses jambes ne la soutenaient plus et sa tête n'était qu'un foyer de douleur. Sans l'arbre, elle se serait évanouie face à l'horreur qui l'attendait.

Une chose luttait pour sortir de la terre, émergeant peu à peu. C'était un spectre nimbé d'une lueur verte.

Il s'avança vers elle et miraculeusement une végétation jaillit du sol. Des herbes l'étreignirent. Le spectre se débattit mais en vain. Les plantes s'abattirent et se muèrent en flammes qui s'élevèrent, jaunes et rouges. Le feu s'étendit, provoquant un immense brasier. Janet ne ressentait aucune brûlure, mais le spectre avait disparu dans les flammes. Quand la fumée se fut dissipée, elle vit que le feu consumait aussi les restes d'une maison. Alors la jeune fille comprit où elle se trouvait.

Mais les flammes moururent et le brouillard survint, et le cauchemar se répéta et se répéta encore. Chaque fois, Janet sentait sa migraine s'accentuer. Elle eût voulu se replonger dans le sommeil et allait fermer les yeux, quand une bouffée de vent chargée de senteurs herbeuses chassa la pestilence. Une voix de femme résonna dans son esprit, une voix basse et douce ; elle ne pouvait saisir les paroles, mais percevait la bienveillance du ton. Puis la voix disparut, et avec elle l'odeur végétale. Janet se sentit revigorée et assez forte pour garder les yeux ouverts un peu plus longtemps.

Le spectre revint. Le rêve se répéta.

*

* *

Le vendredi soir, les Sperry rentrèrent de Washington. M. Sperry alla voir ses plantes dans la serre. Il revint au bout de quelques minutes, l'air contrarié et inquiet.

« Les plantes sont complètement desséchées, dit-il. Elles n'ont pas été arrosées. L'arrosoir est au beau milieu du salon, et le plus étrange est qu'une des vitres de la serre a été remplacée.

— Les miennes, par contre, ont toutes été arrosées », déclara Cindy en redescendant des étages.

David prit le téléphone et composa le numéro des Gray. Les Sperry l'entendirent qui demandait à parler à Janet. Soudain son visage se figea et il écouta intensément ce qu'on lui disait. « Quand pourrons-nous la voir ? » s'enquit-il.

Il raccrocha, pâle comme un linge :

« M. Sperry vient de m'apprendre que Janet est à l'hôpital. Il m'a dit qu'ils ne savaient pas de quoi elle souffrait exactement, peut-être d'une forte dépression nerveuse. Elle est venue ici mercredi pour arroser les plantes et, quand elle est rentrée, elle était comme folle, assurant qu'elle avait été attaquée par une espèce de spectre vêtu d'une cape noire qui l'avait poursuivie dans la serre. Janet a cassé une vitre avec l'escabeau pour s'enfuir. Puis elle a réussi à rentrer chez elle, et là, elle est tombée dans une sorte de coma, d'où elle n'est pas encore sortie. Sa mère est à son chevet, à l'hôpital.

— Oh, non ! s'écrièrent les Sperry, en échangeant des regards consternés.

— Ça, c'est incroyable ! s'exclama M. Sperry. Une fille aussi florissante de santé.

— Elle souffrait beaucoup de la tête ces derniers temps, fit remarquer David. Je n'arrêtais pas de lui dire de consulter un docteur.

— Mais... pour en revenir à sa description, qui aurait pénétré dans la maison ? demanda Mme Sperry, alarmée.

— M. Gray m'a dit qu'il avait envoyé les policiers ici, mais qu'ils n'avaient découvert aucune trace d'effraction, hormis la fenêtre brisée, répondit David.

— Elle a dû avoir une hallucination », suggéra Mme Sperry.

M. Sperry rappela M. Gray pour se faire confirmer ce qui s'était passé, puis il téléphona à la police afin de connaître leur rapport. Pendant ce temps, les jumeaux et Cindy se livrèrent à une inspection de toutes les pièces. Ils ne trouvèrent rien jusqu'à ce qu'ils entrent dans la chambre de David, au premier étage. Là, ils s'arrêtèrent et se pincèrent le nez de dégoût.

« Quelle puanteur ! s'exclama Diane, il doit y avoir une charogne quelque part. »

David regarda sous les meubles et dans le placard, mais ne découvrit rien. « C'est encore une souris qui a dû crever dans le mur ou sous le plancher. On devrait avoir un chat pour se débarrasser de ces bestioles ! » Il ouvrit les fenêtres.

« Ce n'est pas une souris », affirma Cindy, en intervenant pour la première fois. Son ton franc étonna les jumeaux. Elle s'assit sur le lit de David et les défia du regard.

« Alors, qu'est-ce que c'est ? demanda Diane.

— Voulez-vous venir dans ma chambre après le

dîner ? Je vous montrerai *quelque chose.* C'est très important mais, continua-t-elle en fixant son regard sur David, vous devez me promettre de m'écouter sérieusement sans vous moquer.

— C'est promis, Cindy », répondit David, ébranlé.

Après le souper, tous trois se retrouvèrent dans la chambre de la fillette.

Cindy sortit de sa valise un vieux cahier relié de cuir.

« Voilà, dit-elle en feuilletant les pages. Ceci est le journal de Clayton Dexter. Il y raconte tout ce qui s'est passé, depuis son mariage avec Vera jusqu'au jour de sa mort. Il complète le journal que j'ai déjà.

— Où l'as-tu trouvé ? s'étonna Diane.

— Eh bien, dans le petit placard sous l'escalier de la tour, celui dont on n'a jamais réussi à ouvrir la porte. Il y a deux semaines, j'ai rêvé que Clayton me prenait par la main et me conduisait jusqu'au placard. Quand je me suis réveillée le matin, je suis descendue et je l'ai ouvert... très facilement ! J'y ai trouvé son cahier et je l'ai lu pendant que nous étions à Washington. Maintenant, vous allez tout comprendre.

— Vas-y, on t'écoute », murmura David, intrigué.

Cindy ouvrit le cahier à la page datée du lundi 24 mai 1907 et commença :

« Vera est très malade. Elle ne me reconnaît plus. Elle n'a pas mangé depuis des jours. Sa pâleur est à faire peur, et elle prononce des paroles incohérentes. Quand je lui prends les mains et lui parle, elle me regarde avec des yeux vides, et gémit comme si elle était la proie de cauchemars.

« Une fois, elle s'est éveillée suffisamment pour

me reconnaître et a essayé de se jeter dans mes bras, comme si elle souhaitait mon aide. J'ai bien vu qu'elle faisait un effort désespéré pour échapper à ses cauchemars.

« "Margery... me souffla-t-elle. Méfie-toi d'elle. Renvoie-la, le plus vite possible. C'est un démon."

« Je lui dis que maman et papa lui avaient déjà donné son congé, mais à ma réponse, elle ferma les yeux et secoua nerveusement la tête.

« "Ce n'est pas suffisant, continua-t-elle. Il faut la détruire." Puis avec un soupir de soulagement elle se rendormit.

« J'eus du mal à croire ses paroles. Détruire Margery ? Cela n'avait pas de sens et pourtant un pressentiment me suggérait qu'elle disait vrai.

— Cette histoire me donne la chair de poule », dit Diane.

Cindy ignora la remarque et continua sa lecture à la page datée du vendredi 28 mai :

« Vera va beaucoup mieux ! Quand elle m'a regardé, il y avait des larmes dans ses yeux. Je lui ai demandé pourquoi, elle m'a répondu qu'elle pleurait du bonheur de se retrouver en vie avec moi. Je n'ai pas osé l'interroger à propos de Margery et des terribles propos qu'elle avait eus à son égard.

« Lundi 31 mai :

« Par où commencer ? Je me refuse à l'écrire. Si je le mets noir sur blanc sur ce papier, j'ai l'impression que j'entendrai alors la porte de ma prison se refermer sur moi pour la dernière fois.

« Vera est morte. Je suis condamné à la solitude perpétuelle. »

Cindy se tut un instant et regarda son frère et sa sœur. Diane avait les larmes aux yeux. David triturait entre ses doigts une mèche de laine du tapis. Cindy reprit :

« La vérité si horrible, si incroyable soit-elle, doit être dite. Il serait parfaitement vain de rapporter cette vérité à la famille, aux amis et à la police. Ils ne la croiraient jamais. J'aurais tôt fait de me retrouver, avec Cathy, enfermé dans un asile de fous.

« Tout a commencé ce samedi où, après le déjeuner, Cathy et moi devions aller chercher Vera pour l'emmener en promenade. J'attelai moi-même le cheval et menai le cabriolet devant le perron. Puis j'attendis Cathy, que je supposais occupée à mettre son chapeau.

« Au bout d'un moment, ne la voyant toujours pas arriver, j'allais lui crier de se dépêcher quand la porte d'entrée s'ouvrit : et Margery apparut, habillée pour sortir !

« Son apparition ne me fit pas particulièrement plaisir. Elle me déclara que Cathy, fatiguée, lui avait demandé de m'accompagner à sa place. J'avais peine à la croire et déjà je rassemblais les rênes pour partir seul, quand elle se mit à me supplier, avec tant d'insistance que je ne sus pas résister. A l'entendre, elle n'avait plus qu'un désir : celui de s'amender, et elle voulait s'excuser après de Vera pour la méchante scène du dîner de fiançailles. A ma grande honte, je dois avouer que je l'ai crue. Elle est donc montée dans le cabriolet, et nous sommes partis. »

Cindy remarqua que David et Diane échangeaient des regards, mais elle ne dit rien. Quand David s'aperçut qu'elle le regardait, il rougit et la pressa de continuer.

« J'ai découvert plus tard ce que Margery avait dit à Cathy ce jour-là. Elle avait passé la matinée à lui décrire la tristesse d'un orphelinat et à obtenir que Cathy la garde comme demoiselle de compagnie, après mon mariage.

« Puis au moment où Cathy allait me rejoindre, Margery lui avait demandé de l'aider à remonter une petite malle de la cave. Cathy avait accepté, mais dès qu'elles furent en bas, Margery s'était empressée d'y enfermer Cathy. Ma jumelle resta ainsi deux heures dans le noir avant que quelqu'un n'entendît ses appels.

— On peut dire qu'elle s'accrochait drôlement à Clayton, fit remarquer Diane.

— Oui, c'est étrange, murmura David.

— Attends un peu avant de parler *d'étrange* », dit Cindy. Elle continua :

« Vera nous attendait sur le perron. Je ne me pardonnerai jamais de lui avoir causé un tel choc quand elle découvrit Margery à la place de Cathy. Sa radieuse expression de gaieté se changea en un masque de glace que je ne lui avais encore jamais vu.

« J'avais le cœur déchiré. J'étais torturé de regret et d'inquiétude. Je ne supportais plus le son de ma voix tandis que j'expliquais à ma fiancée que Margery avait voulu se faire pardonner et lui dire adieu.

« Je l'installai donc à côté de Margery et nous sommes entrés dans le parc. J'entendais Margery qui chuchotait dans l'oreille de Vera. Celle-ci demeurait silencieuse.

« Lorsque nous atteignîmes la mare où des enfants

jouaient aux bateaux à voiles, je me tournai pour désigner ce joli spectacle à Vera :

« Elle gisait dans le coin du cabriolet, la tête inclinée de côté, les yeux clos. Margery, penchée sur elle, tenait son visage entre ses mains, et lui envoyait son haleine.

« J'ai crié : "Ecarte-toi !" et, ramassant les rênes dans la main gauche, j'ai essayé de frapper Margery de la droite. Malheureusement je l'ai manquée. J'ai alors fait demi-tour et j'ai repris le chemin de la maison au grand galop.

« Quand je suis arrivé chez les McNulty, j'ai appelé à l'aide Andy, leur ouvrier. Puis j'ai pris Vera dans mes bras. Margery se tassait dans un coin de la banquette, la figure pâle, l'œil mauvais, les lèvres retroussées sur ses dents comme un rat acculé dans un piège. Je lui ai crié : "Va-t'en, disparais de notre vue ! Si jamais je te revois, je jure que je te tuerai !"

« Vera était inconsciente. Je l'ai portée jusqu'à sa chambre, où je l'ai confiée à sa mère. Puis je suis allé chercher le médecin. Il m'a promis de venir le plus vite possible et je me suis alors rendu à la forge pour apprendre à George McNulty ce qui était arrivé.

« A mon retour, Vera était dans le coma. Je me suis assis à côté d'elle et lui ai pris la main. Elle gisait immobile, respirant à peine.

« Je ne pouvais détacher mon regard d'elle et je priais de toute mon âme qu'elle revînt à elle. Mais son visage restait pâle et ses yeux marqués de grands cernes gris. Visiblement, elle était mourante. Sa mère se tenait avec moi à son chevet, où George nous rejoignit bientôt.

« Quand le docteur vint, il secoua la tête d'un air impuissant. Il ne pouvait trouver la cause du mal ; il pensait seulement qu'elle n'en avait plus que pour quelques jours, voire quelques heures. Les McNulty étaient si bouleversés qu'il leur conseilla de prendre un peu de repos. J'ai alors insisté pour rester auprès de Vera et leur ai promis de les appeler s'il arrivait quoi que ce soit.

« Les heures passèrent. Je commençais à m'endormir quand je l'ai entendue pousser un grand soupir, puis un autre. Sa main s'agita faiblement, puis serra la mienne. Elle remua les lèvres, ouvrit les yeux et me regarda.

« Son regard était clair, plein d'amour. Elle prononça mon nom. Je me penchai sur elle ; elle respira profondément et dit : "Tout va bien. Je sais que je suis en train de mourir. Mais je sais aussi qu'il me reste assez de force pour te dire l'essentiel. Chéri, tu n'es responsable de rien. Nous avons tous été victimes du même démon." »

Cindy interrompit sa lecture et s'étira. Le vent soufflait plus fort à présent et, par les fenêtres, on voyait les hautes ramures se balancer dans la nuit.

David alla s'adosser contre la porte. Il ressentait le besoin d'avoir le dos calé contre quelque chose de solide. Hormis la voix de Cindy, la chambre était plongée dans un silence étrange.

« Cette histoire ne me plaît pas du tout, marmonna Diane. Elle me fait froid dans le dos. »

David se rapprocha d'elle et passa son bras autour de ses épaules.

« Je comprends, dit-il, mais laissons Cindy nous raconter la suite. »

David fut à nouveau frappé par l'étrangeté du silence. Il en cherchait encore la nature quand Cindy reprit la lecture des dernières paroles de Vera :

« "Clayton, j'ai eu des cauchemars si horribles que j'ai peine à te les raconter. Pourtant, il le faut, car c'est la seule façon de vous sauver, Cathy et toi. Pour moi, il est trop tard. Maintenant écoute ce que mes rêves m'ont appris.

« "Margery appartient à une catégorie de créatures apparentées aux vampires. Le mal est en elle et si elle refuse de s'élever, elle aura aussi plusieurs vies successives avec ces démons en elle.

« "Une telle créature commence son existence aussi normalement que tout un chacun. Mais à un certain moment de sa vie, lui est donné le choix entre le bien et le mal. Si elle choisit ce dernier, elle est aidée par des forces maléfiques. Elle perd alors toute capacité d'aimer. Son apparence physique peut être belle et nul ne sait alors que, sous tant de grâce, se cache une laideur infinie.

« "N'ayant plus d'amour en elle, elle se nourrit de celui des autres. C'est pourquoi Margery a tant besoin de toi. Elle me détruira comme elle détruira Cathy ou quiconque se dressera sur son chemin."

— Oh ! Oh ! fit Diane. Je commence à comprendre.

— Que veux-tu dire ? demanda David.

— C'est pourtant évident. Margery ne te rappelle pas quelqu'un ? »

Pour toute réponse, David murmura :

« Passe-moi cette couverture, s'il te plaît, j'ai froid... »

Diane lui tendit un plaid dont il s'enveloppa, frileusement.

Cindy reprit :

« *"Mon rêve ne m'a pas appris à quand remontait la naissance de Margery mais il m'a révélé comment elle était entrée dans votre famille.*

« *"Cinquante ans plus tôt, à l'endroit où s'élève aujourd'hui votre maison, il y en avait une autre, bien plus petite, où vivaient un couple et son fils. Un jour, alors que le fils devait avoir une douzaine d'années, une pauvre orpheline vint frapper à leur porte.*

« *"Ces gens qui avaient bon cœur l'accueillirent chez eux. Mais elle se comporta étrangement dès le début, exigeant l'attention permanente du jeune garçon. Il semblait qu'elle ne fût venue dans cette maison que pour lui.*

« *"Au début le garçon l'aima bien, mais il ne tarda pas à l'éviter et, en grandissant, il résista de plus en plus à l'emprise que l'orpheline tentait d'avoir sur lui.*

« *"Quand il devint un jeune homme, il tomba amoureux d'une fille de son âge. Cela rendit l'autre folle de rage. Elle eut recours à la magie noire. Elle se procura une mèche de cheveux du garçon pour lui jeter un sort."*

— Une mèche de cheveux ? s'écria Diane.

— Continue, répliqua David, nerveusement.

— Mais tu ne te rappelles donc rien ? Mirella ! A la fête ? »

Il sursauta et Cindy reprit sa lecture.

« *"On célébra bientôt les fiançailles du jeune homme, mais sa fiancée mourut mystérieusement quelques jours après. Sa mort le laissa à la merci de la sorcière. Il avait perdu tout goût de la vie et il cessa peu à peu de lui résister.*

« "Puis une nuit, alors que le jeune homme dormait, la sorcière entra dans sa chambre pour couper une autre mèche de ses cheveux. Alors qu'elle se penchait sur lui, une goutte de cire chaude de la bougie qu'elle tenait s'écrasa sur la joue du dormeur. Il se réveilla si brusquement qu'elle laissa tomber la bougie. En quelques secondes, toute la chambre flambait. Le jeune homme saisit la fille par le poignet et l'entraîna hors de la maison qui brûlait.

« "Elle poussa alors un cri triomphant et courut se jeter dans le brasier, où de toute évidence elle disparut, avec l'intention de revenir sur terre, ultérieurement, pour y ensorceler quelqu'un d'autre. Dans mon rêve, je sus que cette fille ne cesserait de perpétuer le mal... car je la vis danser à cet endroit même..."

— Mirella ! s'exclama David.

— Oui, je savais que ce passage t'intéresserait, dit Cindy.

— Oui, et auparavant, Margery, s'écria Diane.

— Belle déduction ! ironisa Cindy.

— Mais le plus horrible maintenant, dit David en s'efforçant de garder une voix calme, le plus horrible c'est que... c'est que...

— Oui, David, dit Cindy. Margery ne put être détruite. Il n'y a qu'une seule façon de tuer un démon comme elle, de mettre fin à une telle force destructrice.

— Quelle façon ? s'impatienta David.

— Les herbes.

— Les *herbes ?* répétèrent en chœur les jumeaux.

— Chut. Ecoutez ce que dit Vera :

« "Les herbes sont du poison pour Margery. Elles symbolisent trop cette capacité qu'a la vie de se perpétuer, pour qu'elle puisse supporter leur contact. Les herbes lui sont fatales. Non seulement elles la détruiront ; mais elles guériront aussi le mal qu'elle a fait.

« "Prends de la verveine, du mille-pertuis et du laurier, et fais-en une infusion bien forte. Quand elle sera froide, bois-la et donnes-en aussi à Cathy. Elle chassera le mauvais sort qu'elle vous a jeté. Cathy a été gravement atteinte. Il est possible qu'elle garde trace d'une mélancolie le restant de ses jours, mais si tu agis vite tu peux encore la sauver de la folie.

« "Puis retrouve Margery et avant qu'elle comprenne ce que tu fais, déverse l'infusion sur elle. Prépare-toi à voir une chose horrible, car elle se désagrégera sous tes yeux.

« "Tu dois préparer le breuvage en grand secret. Si jamais Margery découvrait ce que tu fais et devinait tes intentions, elle s'échapperait en se suicidant de nouveau pour que le cycle infernal se perpétue." »

Cindy referma le cahier.

« Qu'allons-nous faire ? » demanda David, d'une voix enrouée par l'émotion.

Personne ne répondit.

CHAPITRE 11

Cindy leva la tête. Le vent sifflait au-dehors mais Cindy n'écoutait que le silence si particulier de sa chambre. Elle était la seule à pouvoir l'identifier.

« Cindy, que s'est-il passé ensuite ? s'enquit Diane.

— Clayton a préparé l'infusion, et il l'a partagée avec Cathy.

— Et Margery ? demanda David.

— Tu veux savoir ce qui lui est arrivé ? dit Cindy. Je te préviens, c'est tout ce qu'il y a de plus macabre.

— Vas-y, raconte.

— Eh bien, comme Clayton montait l'escalier pour aller dans la chambre de cette... créature, avec une théière remplie du thé aux herbes, il a soudain été assailli par une odeur fade et désagréable. Une silhouette s'était dressée devant lui, le thé s'est renversé... et Margery s'est enfuie vers la tour. Il a entendu un cri horrible, un bruit de verre brisé et avant qu'il puisse la désenvoûter, Margery s'était jetée par la fenêtre. Clayton écrit n'avoir retrouvé... que sa grande cape noire sur la terrasse. Ensuite, la terreur l'a fait s'évanouir.

— C'est ce qui risque de m'arriver ! l'interrompit David en se redressant. J'en ai assez entendu pour ce soir.

— Tu es blanc comme un linge, souligna Diane.

— Il y a de quoi, non ? Je vais faire un tour en bas, j'ai besoin de changer d'atmosphère. » Mais il resta là, hésitant, le regard vague.

« Parfait, dit Cindy, en refermant le journal de Clayton.

— Que diriez-vous d'un bon chocolat chaud ? Je vous le monte tout de suite, proposa Diane.

— Non, on descend avec toi, rétorqua son frère.

— Dans ce cas, je reste ici, s'entêta Diane en s'adossant contre le mur, tandis que David revenait s'accroupir contre la porte.

— La suite de l'histoire, vous la connaissez, reprit Cindy. La mort de Vera, la fenêtre brisée, la cape, la disparition du corps de Margery, tout cela attira sur les Dexter l'attention suspicieuse du voisinage. Clayton et Cathy en souffrirent beaucoup.

— Cindy, si on changeait de sujet ? l'interrompit David. Assez de "fantômes" pour ce soir, tu ne crois pas ?

— Mais écoute au moins la fin. Un soir où Clayton et Cathy prenaient leur thé, ils sentirent la présence de Véra et l'entendirent même rire. Ce fut ce soir-là que Clayton scella son journal et le cacha dans le placard sous l'escalier en espérant que son message servirait un jour.

— Mais à qui ? » s'écria Diane.

Cindy reprit le cahier pour leur lire les dernières paroles de Clayton Dexter :

« A deux reprises, maintenant, l'esprit malfaisant qui se faisait appeler Margery a surgi en ce lieu pour y accomplir son diabolique dessein. Ici même elle reviendra une troisième fois. Quand cela se produira, ce journal sera toujours là. J'espère que ceux qui le liront pourront se sauver eux-mêmes et détruire ce monstre une fois pour toutes.

« Je jure sur mon amour pour Vera que, bien que morts, Cathy et moi reviendrons en esprits nous assurer que le journal aura bien été découvert et utilisé. Notre désir ardent d'aider autrui nous aidera dans cette tâche. Si une créature comme Margery peut survivre à la mort pour perpétuer le mal, nous pouvons sûrement faire de même au nom du bien. »

Cindy referma le cahier. Dehors, une rafale de vent siffla rageusement. David frissonna. Il échangea un regard avec Diane qui pleurait silencieusement, et il sentit ses propres yeux s'embuer. Il détourna la tête et serra les mâchoires, mais il ne pouvait s'empêcher de trembler.

Alors, David pensa à Janet, là-bas, dans son lit à l'hôpital, entourée d'appareils enregistrant sa température, sa pression sanguine, son tracé encéphalographique. Il vit l'intraveineuse fixée à son bras et par laquelle pénétrait le sérum qui l'alimentait. Janet perdue dans une nuit de cauchemar, incapable de dire à quiconque ce qui la tourmentait. L'aurait-elle pu, personne ne l'aurait crue ! Comment pouvait-on être plus désespérément seule ? Il se mordit la lèvre pour ne pas fondre en larmes.

Diane soupira bruyamment.

« Tout s'explique ! dit-elle d'une voix sourde. Mirella ne ressemble-t-elle pas à Margery ? Sa beauté, ce qu'elle dit, sa façon de s'approcher des gens, son grand talent à vous démoraliser... jusqu'à cette manie étrange qui la pousse à recueillir nos cheveux. Désormais, elle possède un support pour nous manipuler.

— Par chance, elle n'a pu obtenir ceux de Janet, fit observer Cindy. Toutefois, Mirella a rendu Janet malade de la même façon qu'elle a empoisonné Vera : en lui soufflant au visage son haleine maléfique.

— Mon Dieu ! gémit Diane. C'est horrible.

— Attendez un peu, vous deux ! » intervint David, brusquement déchiré. Il avait beau songer à Janet, il ne pouvait se débarrasser de cette tendresse qu'il éprouvait pour Mirella.

Certes, le journal de Clayton l'avait bouleversé. Mais n'était-ce pas une très vieille histoire ? De telles choses pouvaient-elles se produire dans le monde moderne ? Etait-il juste d'en déduire que Mirella était un monstre ? En avaient-ils une preuve quelconque ?

« Je ne suis pas d'accord avec vous, dit-il. Pourquoi accuser Mirella du crime de Margery ?

— Oh, David, un peu de bon sens ! s'exclama Diane.

— Il ne s'agit pas d'accuser, affirma Cindy, mais de savoir ce que nous pouvons *faire* pour Janet. Comment la guérir ? »

De nouveau, le visage de Mirella s'interposa devant David.

« Si nous ne faisons rien et que Janet meure, crois-tu que tu pourras encore te regarder en face ? » insista sa cadette.

David tressaillit. Il eut soudain la certitude d'une invisible présence à ses côtés, lui soufflant dans l'oreille : *Crois ses paroles ! Crois-la ! Crois-la !* Il appuya sa tête contre la porte. « D'accord, Cindy. D'accord », soupira-t-il.

Diane lui posa une main sur l'épaule.

« David, murmura-t-elle, nous commencerons par nous procurer les herbes, puis nous préparerons l'infusion. Nous en boirons un peu nous-mêmes, ce qui ne risque pas de nous faire de mal, et après il ne nous restera plus qu'à en remplir deux thermos et à nous débrouiller pour en faire boire à Janet. Si ce breuvage la guérit, alors nous saurons que Clayton n'a écrit que la vérité.

— Oui, répondit David, évasif. Les effets, dit Clayton, sont immédiats. »

Il se mit debout et s'étira, puis s'approcha de la fenêtre et effleura la vitre froide.

« Voyons, si nous voulons être à l'hôpital aux environs d'onze heures. Il faut se lever vers sept heures, ça va ? demanda Diane en se levant à son tour. Où est cette recette de plantes de Clayton ? De quelles herbes avons-nous besoin ?

— Verveine, mille-pertuis, laurier-sauce, dit Cindy en bâillant. Prends le livre. Il est sur ma table de nuit. »

David scruta la nuit.

« Vous vous rendez compte, c'est par là qu'elle a sauté, chuchota-t-il.

— Allons, David, retourne dans ta chambre, maintenant ; il faut que je dorme », déclara Cindy.

Il s'écarta de la fenêtre.

« Je me demandais si la vitre qui a été brisée ressemblait à celle-ci. » Puis, se tournant vers Cindy il ajouta : « Puis-je t'emprunter le journal de Clayton ? J'aimerais le relire avant de m'endormir. »

Cindy hocha la tête et lui tendit le cahier.

« La séance est levée », décréta-t-elle.

Diane rit et l'embrassa, puis elle prit David par le coude et l'entraîna hors de la chambre.

« Tu n'as pas peur de dormir seule ici, Cindy ? s'enquit-elle avant de refermer la porte.

— Non, répondit sa petite sœur. J'ai des amis qui me protègent. Et tu en as aussi, si tu voulais bien leur prêter attention. Sur ce, bonne nuit. »

CHAPITRE 12

Une douloureuse lueur blanche s'infiltrait cruellement à travers les paupières de Janet. Elle n'osait ouvrir les yeux, sachant que si elle s'y risquait, son esprit s'échapperait aussitôt. A ses côtés, la jeune fille perçut un murmure de voix dont les propos lui restaient incompréhensibles. Aussi continua-t-elle ce rêve qui ne cessait de la hanter.

Pour échapper à Mirella... Janet s'était réfugiée dans une barque dérivant maintenant sur l'océan. Un bien-être l'envahit et des échos de voix célestes lui parvinrent aux oreilles. Sa migraine commençait à s'estomper. Mêlée à ces chants, elle perçut une voix de femme qui murmura gaiement : « Attends une minute, ne pars pas si vite. Tiens bon, tiens bon. » Acérée comme le tranchant d'une lame, lui parvint une bouffée d'air frais chargée d'un parfum végétal, une odeur de bois qui trancha les derniers liens qui l'attachaient encore à la douleur.

Puis la musique se dissipa lentement. Elle respira profondément et brusquement réalisa que les voix qui chuchotaient toujours à ses côtés appartenaient à ceux qu'elle aimait.

« Ça marche. Ça marche ! Janet se réveille ! » s'exclama l'une d'elles.

Un bras entoura son épaule pour l'aider à se redresser. Janet cligna les paupières, et vit Diane qui la regardait les yeux pleins de larmes. La barque blanche n'était plus une barque, mais un lit. Le bras qui la soutenait était celui de David. De son autre main, il tenait un verre d'où s'échappait l'arôme qui l'avait éveillée.

« Peux-tu boire ça, Jan ? » lui dit-il.

Il porta le verre à ses lèvres, et elle but. Chaque gorgée éclaircit sa vision. L'énergie et la raison lui revinrent et toute douleur disparut. David la serra contre lui, avec précaution pour ne pas déranger les appareils de perfusion.

« Où suis-je ? demanda Janet. Que faites-vous ici ? Je croyais que vous étiez à Washington.

— Nous sommes revenus la nuit dernière, dit David posant un baiser sur son front. Nous sommes samedi. Tu es ici depuis jeudi matin. Oh, Janet ! Que nous avons eu peur ! »

Janet se laissa aller contre lui.

« Je suis complètement éberluée, dit-elle. J'ignore comment j'ai atterri ici. Je suis si contente de vous voir... et puis, je n'ai plus mal à la tête... »

Diane sortit une seconde bouteille thermos, remplit à nouveau un verre et le tendit à David. « Fais-la boire encore. Les infirmières ne vont pas tarder à venir et elles vont crier au miracle sans rien y comprendre ! Janet, tes parents vont revenir aussi. Ta mère est restée tout le temps à ton chevet. Elle a dormi ici, sur la couchette. Quand nous sommes arrivés, ton père était déjà là, et nous lui avons proposé d'aller se restaurer. On ne savait pas comment te faire prendre notre infusion. Je pensais la verser dans le flacon de perfusion à la place du sérum, mais son arôme t'a réveillée.

— Cette boisson a un goût bizarre, mais c'est vraiment bon, déclara Janet, après avoir vidé son verre d'un trait. Elle me fait l'effet d'une eau de jouvence. J'ai des tas de choses à vous demander... »

Elle s'arrêta, fronça les sourcils et s'appuya contre David.

« Ne parle plus, dit David.

— Non, non, ça va. Je me trouvais chez vous, dans la serre, et il y avait ce... et puis j'ai brisé une vitre avec l'escabeau... oh ! votre père a dû être furieux, non ?

— Tu es bête. Elle était déjà réparée à notre retour.

— Ah, bon ! Ma migraine était atroce et j'avais si peur ! Tout est devenu très flou, mais j'ai pu rentrer chez moi. Et là, le cauchemar a recommencé. Je me suis sentie poursuivie... Au fait, y a-t-il encore du thé ?

— J'en boirai bien un peu moi-même », dit David en échangeant un coup d'œil avec sa jumelle.

« Alors, qu'en penses-tu ? demanda Diane. Jusqu'ici, tout ce qu'a dit Clayton s'est révélé parfaitement exact. »

David hocha la tête, mais un pli amer déforma sa bouche.

« Clayton ? Que vient-il faire ici ? s'exclama Janet.

— Eh bien, déclara Diane, en deux mots, il semble que tu doives ta vie sauve à Cindy et à deux ou trois fantômes.

— Hein ? s'écria Janet avec sérieux. A vrai dire, je suis prête à croire n'importe quoi. Et puis j'ai faim. Je n'ai pas dû manger depuis des jours. Quand est-ce qu'on va venir me débarrasser de cette seringue, que je puisse rentrer chez moi ? »

Juste à ce moment, la porte s'ouvrit et une infirmière apparut. Elle poussa un cri de surprise et disparut aussitôt. Ils l'entendirent courir dans le couloir.

« Et voilà ! lança David, le corps médical stupéfait par la Cure Miracle. Il vaut mieux planquer les thermos, Diane. »

Une minute plus tard, la chambre était envahie par les médecins et les infirmières. Le brouhaha fut à son comble lorsque les parents de Janet surgirent à leur tour. Le docteur Briggs, médecin traitant, examina Janet de la tête aux pieds.

« Ma foi, avoua-t-il en se grattant le crâne, je n'ai encore jamais rien vu de semblable. C'est incroyable.

— Que se passe-t-il, docteur ? demanda Mme Gray.

— Rien... Votre fille se porte comme un charme, murmura-t-il. Son pouls est régulier, sa respiration normale, ses yeux ne pourraient être plus clairs, et son teint, ma foi... on dirait qu'elle a passé une journée dans les bois ! »

David et Diane s'adressèrent un clin d'œil.

« C'est stupéfiant, dit M. Gray. Quand je pense qu'il n'y a pas vingt minutes...

— Hum, grommela le docteur, j'aimerais quand même que mon collègue, le docteur Harris, l'examine, si vous n'y voyez pas d'inconvénient.

— Et ensuite elle pourra rentrer à la maison ? demanda Mme Gray pleine d'espoir.

— Je ne vois vraiment pas ce qui l'en empêcherait. C'est pourquoi je voudrais que le docteur Harris confirme mon diagnostic », répondit-il, et il se précipita hors de la chambre.

Quelques secondes plus tard, le docteur Harris arriva et, après examen, affirma que Janet était hors de danger :

« C'est tout simplement un miracle. Aucune raison pour la garder une nuit de plus. D'ailleurs, nous manquons de lits ! »

David et Diane réprimèrent à grand-peine un hurlement de joie. Un instant plus tard, Janet se retrouvait dans le couloir, dans un fauteuil roulant poussé par un infirmier. Elle protesta contre ce traitement durant toute la descente en ascenseur, et quand la porte s'ouvrit, avant que l'infirmier n'ait pu la retenir, elle bondit de son siège et courut embrasser Amy qui attendait dans le hall d'accueil en compagnie de Cindy. Depuis que cette dernière lui avait montré le journal des Dexter elles étaient redevenues les meilleures amies du monde.

Bien que les médecins aient conseillé à Janet de se mettre au lit en rentrant chez elle, elle convainquit ses parents d'inviter David, Diane et Cindy à dîner avec elle.

« Il faut absolument que je leur parle.

— Mais Janet, protesta M. Gray, tu viens juste de sortir de l'hôpital. Tu dois être fatiguée. Tu devrais te reposer. Tu verras tes amis demain.

— Je sais, papa, mais c'est vraiment très important. En fait, je peux dire que c'est le jour le plus important de ma vie. Il faut absolument que je leur parle ! »

M. Gray se tourna vers sa femme, qui haussa les épaules en soupirant.

« D'accord, mon chou, concéda-t-il, mais je veux que tu te couches tôt.

— Merci, papa », dit-elle en l'embrassant sur la joue, et elle adressa un clin d'œil à sa sœur et à ses trois amis.

CHAPITRE 13

Après dîner, Janet écouta Cindy lui lire le journal de Clayton. D'un côté, se tenaient Diane et Amy, et, de l'autre, David qui ne cessa de lui tenir la main durant toute la lecture. Quand ce fut terminé, elle enfouit son visage contre son épaule et pleura longtemps.

« Comme je suis heureuse que vous soyez tous là ! dit-elle dès qu'elle se fut calmée. Mais j'ai peur maintenant. J'aurais aimé ne jamais rien savoir de toute cette horreur. Pourtant, il fallait que j'apprenne la vérité, n'est-ce pas ? Je n'aurais pas pu dormir cette nuit, de toute façon, je me serais sans cesse interrogée. Pauvre Clayton. Pauvre Vera.

— C'est vrai, admit Diane, mais si leurs fantômes sont là à nous observer comme le pense Cindy, imagine leur joie. Rappelle-toi, Clayton a juré qu'ils reviendraient pour que Margery subisse enfin le châtiment qu'elle mérite. Nous avons agi comme il le conseillait, et ça a marché. Le breuvage t'a guérie et tu es sauvée maintenant.

— Guérie oui, mais sauvée pas encore, intervint Cindy. Je suis contente que Janet ait pu quitter l'hôpital parce que Mirella risquait de lui rendre visite. Au moins ici, Janet est davantage en sécurité.

— Je te protégerai, Janet », dit Amy.

Diane hocha la tête :

« Plus vite nous passerons à l'action, mieux ça vaudra, dit-elle. Aucun de nous ne sera tranquille tant que Mirella ne sera pas hors d'état de nuire.

— Pour commencer, nous devons éviter à tout prix qu'elle apprenne comment nous nous sommes procuré ce breuvage, sinon elle se tuera et s'enfuira de nouveau, dit Cindy.

— A-t-elle le pouvoir de deviner ? continua Diane. Peut-être est-elle en train de nous observer, avec pour support une boule de cristal ou un miroir magique... ?

— Oh ! Assez de sottises, Diane ! s'écria David.

— Qu'est-ce qui te prend ? » lui demanda tout à coup Janet. Elle l'avait observé pendant que les autres parlaient, et elle avait vu dans ses yeux une lueur qu'elle connaissait bien et qu'elle n'aimait pas.

« Bof.... bafouilla-t-il, c'est que... que je n'aime pas cette condamnation unanime de Mirella. Je trouve ça un peu... excessif ! Bien sûr, je crois à l'histoire de

Clayton. Mais rien ne prouve que Mirella et Margery soient la même personne. Même sans éprouver aujourd'hui pour elle une sympathie particulière, je dois reconnaître qu'au début elle m'a tapé dans l'œil. Mais ce n'est pas pour autant qu'on peut l'accuser d'être une... sorcière !

— Tu n'as donc rien compris ! s'exclama Diane. C'est justement ce que Clay et Cathy pensaient de Margery. Son apparence angélique lui permet de tromper tout le monde !

— Mais avons-nous le droit de l'éliminer ? »

Cindy se leva :

« David. Tu es un parfait crétin ! »

Janet s'écarta de ses bras.

« Amy, dit-elle, sois gentille et va me chercher une serviette de toilette.

— Bien sûr. »

Amy disparut dans la salle de bains et revint avec une grande serviette bleue. Janet en entoura le cou de David, comme chez le coiffeur.

« Maintenant, dit-elle, où est le thermos ? »

La deuxième bouteille était à moitié pleine. Janet remplit un verre de l'infusion qui était encore tiède et se plaça devant David. Elle lui releva tendrement le menton et, avant qu'il soit revenu de sa surprise, versa le liquide sur son visage. Il souffla bruyamment et s'empressa de s'essuyer avec la serviette.

« Ça t'a fait mal ? lui demanda Janet.

— Bien sûr que non. »

Puis elle se tourna vers les autres :

« Il n'a rien, n'est-ce pas ?

— Non, juste un peu mouillé, répondit Diane en pouffant.

— Où tu veux en venir ? s'impatienta David.

— Tu n'as rien parce que tu es un être normal, fait de chair et de sang, comme nous tous. Qui mourrait d'une tasse d'infusion sur la tête ? Mais si ce que dit Clayton est vrai, Mirella ne serait même pas entrée dans cette chambre, si elle avait senti l'odeur du breuvage, sachant quel danger mortel il représente pour elle. »

David resta sceptique.

« Oui, renchérit Cindy. Si Mirella est animée par le mal, les plantes nous le diront.

— Et qui plus est, dit Janet en se tournant vers David, l'air soudain très grave, si Mirella sort indemne de l'épreuve, eh bien tu pourras la garder, parce que moi je ne voudrai plus de toi.

— Jan, dit David, s'il te plaît. » Il tendit la main vers elle, mais elle ne bougea pas.

« Je regrette, murmura-t-il. Je me suis conduit comme un idiot. » Il attira Janet contre lui. Un instant, elle résista, puis avec un soupir se laissa aller dans ses bras.

« Eh bien, conclut Diane, tout le monde est d'accord. Veux-tu qu'on décide d'un plan maintenant, Janet, ou préfères-tu qu'on en reparle demain ?

— Non, je me sens bien. Je dormirai mieux cette nuit si nous prenons une décision.

— Il reste encore de l'infusion. Qui en veut ?

— Donne-la à David. Il en a plus besoin que moi », répondit Janet, ironique.

*

* *

Ils décidèrent de passer à l'action le mardi après-midi, après les cours.

Le lundi, Janet resta à la maison. Dans ce plan David avait pour mission de se montrer plein d'attentions pour Mirella. Diane tiendrait auprès de lui un rôle de chaperon bienveillant afin qu'il ne se laisse pas prendre à son propre rôle.

Ils apportèrent au collège un bouteille thermos remplie d'infusion et en burent de temps à autre un gobelet afin de se prémunir contre toute faiblesse. Mais, après le déjeuner, Diane remarqua que Mirella considérait David avec curiosité.

Elle attira son frère à l'écart :

« Je me demande si ton haleine ne t'a pas trahi. Nous prenons un grand risque. Il vaudrait peut-être mieux cesser d'en boire. Si elle a des soupçons, tout est raté. »

David approuva. En son for intérieur, il se méfia aussi de lui-même. Mirella était particulièrement ravissante ce jour-là, avec son chandail bleu pâle et une écharpe gris perle autour du cou. Son teint était éclatant, ses cheveux avaient la brillance de la soie, et son regard pétillait de joie.

Après l'avoir rencontrée ce matin, il avait été sidéré par sa beauté. Puis, pensant à Clay, à Vera et à Janet, il s'était promis de ne pas succomber. Mais à mesure que la journée s'étirait et que l'effet du breuvage se dissipait, la beauté de Mirella le fascinait de nouveau. Comment pouvait-elle être une créature nocive ?

Pourtant, il n'abandonnerait jamais Janet. Aucune fille ne la remplacerait. Mais où était le mal à entretenir une tendre camaraderie avec une autre ? Certes, Janet pouvait se montrer jalouse. Il le serait, à sa place. Mais de là à plonger dans un cauchemar et à infliger à Mirella une épreuve aussi humiliante que celle qu'ils lui réservaient, il y avait un pas qu'il avait de moins en moins envie de franchir.

Les cours étaient terminés. Il attendit Diane à la sortie tout en pensant à Mirella. Il venait de lui dire au revoir, et ils avaient échangé un long regard. Il n'avait pu détacher les yeux de sa silhouette parfaite et si attirante. Elle tourna la tête vers lui et ses lèvres esquissèrent un baiser, tandis que son regard semblait lui promettre une autre Mirella, une Mirella que personne n'avait encore vue, et qui serait toute à lui.

Il sentit un pincement sur le bras et se retourna vivement pour voir Diane, le visage sévère.

« Fais attention, David, dit-elle. Ne prends pas ton rôle trop au sérieux. » Elle dévissa la bouteille thermos, remplit un gobelet d'infusion et le lui donna.

« On peut en boire maintenant ; nous en avons besoin. Evidemment, à voir Mirella, on finit par douter du journal de Clayton.

— Oui, c'est en effet une histoire belle, et émouvante, mais qui sait où s'arrête le vrai et où commence le fantastique ? Comment son passé pourrait-il s'accorder avec notre présent, tellement différent du sien. Le progrès moderne, les voitures...

— A propos de voiture, l'interrompit Diane, il faudra que j'emprunte celle de maman pour venir au collège demain. » Elle lui tendit un autre gobelet.

« J'ai aussi remarqué un détail au sujet de Mirella, poursuivit-elle. Elle ne parle jamais de son avenir. Elle n'a que deux sujets de conversation : son enfance difficile, et toi. C'est comme si tu étais au centre de sa vie. Au début, je croyais qu'elle te demandait tous ces petits services pour que tu t'intéresses à elle, mais c'est peut-être — comme le dit Vera dans le journal de Clayton — parce qu'elle a besoin de quelqu'un pour vivre sa vie à sa place. »

David vida son gobelet et le rendit à Diane.

« Oui, dit-il. C'est vrai. Elle semble complètement déboussolée. Et c'est justement ça qui m'a fait craquer. »

*
* *

L'après-midi de ce lundi touchait à sa fin. Janet était dans la cuisine et lisait à sa mère le cours d'histoire, qu'elle aurait dû apprendre durant les vacances. Elle le lisait en faisant des grimaces et en prenant une grosse voix. Mme Gray, occupée à préparer le dîner, riait de la voir si gaie. Du salon parvenait le son de la télévision devant laquelle trônait Amy, comme d'habitude. Quand la sonnette de l'entrée retentit, Janet cessa brusquement sa lecture.

« Veux-tu aller ouvrir, Amy ? » cria Mme Gray.

Janet ne bougea pas. Son visage exprimait la peur. Elle entendit Amy ouvrir la porte, puis une voix basse et sans timbre qui disait :

« Bonjour. Je suis Mirella, une amie de Janet. J'ai appris qu'elle était malade et je me suis inquiétée. Puis-je la voir ?

— Pas question, répliqua la fillette d'une voix quelque peu chevrotante. Elle est encore trop mal pour recevoir des visites.

— Oh, très bien. Dans ce cas, je repasserai demain après dîner.

— Ne vous donnez pas cette peine. Le médecin a interdit les visites. Quand Janet ira mieux, elle vous téléphonera.

— D'accord. Voudrais-tu lui offrir ces fleurs de ma part ?

— Bien sûr. Merci. Au revoir. »

Janet entendit la porte se refermer et elle poussa un grand soupir de soulagement.

Amy entra dans la cuisine en portant un bouquet de lilas blancs enveloppés dans un papier, comme si elle transportait de la mort-aux-rats.

« De la part de Mirella, dit-elle en faisant la grimace.

— A la poubelle ! » lança Janet en détournant le regard du paquet.

Amy sortit par la porte de derrière, et Janet entendit le couvercle de la poubelle se refermer en claquant.

« Mais ces fleurs étaient très belles. Pourquoi les as-tu jetées ? demanda sa mère.

— Parce qu'elles me sont offertes par une ennemie, répliqua la jeune fille.

— Que t'a-t-elle donc fait pour que tu lui en veuilles autant ? »

Les deux sœurs échangèrent un regard complice.

« Oh ! elle s'est tout simplement évertuée à me souffler David, et sous mon nez encore, répondit Janet. M'apporter des fleurs ! Elle qui les déteste encore davantage qu'elle me hait. Merci, Amy. Tu as été parfaite.

— Merci ! »

Pensive, Amy s'appuya contre le réfrigérateur. De toute évidence, elle avait envie qu'on lui demande ce qui n'allait pas. Ce que fit aussitôt Janet.

« Oh ! c'est au sujet de Mirella. Tout le monde la trouve belle. Pas moi. En fait, elle *est* horrible.

Quand j'ai regardé son visage, j'ai eu envie de vomir. »

Cette nuit-là, alors que David entrait dans sa chambre, quelque chose le fit hésiter dans le couloir.

Aucune mauvaise odeur ne subsistait, mais il éprouva l'étrange et pas déplaisante sensation que quelqu'un l'attendait.

La chambre était plongée dans l'obscurité. Il tendit la main vers l'interrupteur, puis hésita, comme s'il craignait que la lumière fasse fuir cette mystérieuse présence.

Enfin, se traitant d'idiot, David alluma. Sa chambre avait toujours le même aspect avec son lit défait, ses posters de Jupiter et de Saturne sur le mur, un tas de chaussures devant le placard, sa collection de bandes dessinées, et son bureau couvert de cahiers et de livres. Pourtant cette sensation subsistait en lui.

Après avoir refermé la porte, il marcha lentement jusqu'à son lit et identifia cette présence. C'était celle qui s'était manifestée l'autre nuit dans la chambre de Cindy, quand il l'écoutait lire le journal de Clayton. Elle semblait pourtant s'être amplifiée et se concentrer entièrement sur lui.

Le feras-tu ou pas ? crut-il entendre.

Il enleva sa robe de chambre, se mit au lit et éteignit. Il se tourna sur le côté et ramena les couvertures sur lui.

Le feras-tu ou pas ? reprit la voix fantomatique.

Il se couvrit la tête de son oreiller, mais cela n'eut aucun effet. Au contraire, la présence ou les présences invisibles lui parurent plus réelles que jamais.

Oui ou non ? Oui ou non ? Oui ou non ?

Puis, dans sa tête, il entendit résonner un rire. C'était un rire de femme. Et ce rire jaillissait comme une rivière souterraine, riche et sombre, qui retrouvait la lumière après un long voyage dans les ténèbres. Il se détendit, les yeux fermés. La rivière était chaude. Il avait envie de s'y glisser et de se laisser emporter. Une voix chanta dans sa tête et lui demanda calmement : *Alors, qu'as-tu décidé ?*

Il s'abandonna et eut l'impression d'entrer dans la rivière, où la présence le suivit. Toute la nuit elle veilla près de lui.

Vers le matin, le rêve l'entraîna dans un collège en ruine. Il n'y avait plus de toit, le soleil se mêlait à la lumière des tubes de néon restés suspendus en l'air comme par enchantement ; le sol d'ardoise était défoncé et couvert de feuilles mortes et de brindilles qui s'accumulaient le long des murs. De l'herbe poussait à travers les fentes, et dans chaque coin se dressait un grand arbre. Les murs de la pièce semblaient se mêler aux troncs des arbres au point qu'il était difficile de dire où le mur finissait et où l'arbre commençait.

Les fenêtres étaient éventrées et seules quelques pointes de verre adhéraient encore aux montants. De la vigne vierge pénétrait par les ouvertures et répandait ses entrelacs feuillus sur les murs.

Les bureaux d'écolier étaient de forme ancienne, leur pupitre incliné et leur siège d'un seul tenant. Ils étaient brisés et sens dessus dessous.

La salle était remplie de gens qui pour la plupart lui étaient inconnus. C'était un cours de géométrie. M. Mason était là, en train de leur faire une démonstration d'arithmétique. Le tableau noir était neuf, seul objet de la classe à ne pas être brisé. M. Mason portait des lunettes, neuves également. Quelqu'un fit une remarque à ce sujet, et le professeur répondit tranquillement :

« Ma foi, il était temps pour moi d'y voir clair. »

Assise devant David, se trouvait Mirella. Elle se retourna et lui adressa un sourire radieux. Elle ne lui avait jamais paru aussi belle. Quand elle se tourna de nouveau vers le tableau et le maître, l'éclat argenté de sa chevelure l'éblouit. Elle pendait comme une draperie soyeuse devant son pupitre, et il ne se rappelait pas lui avoir vu des cheveux si longs. Il ne put s'empêcher de tendre la main vers eux et de les toucher. Il en souleva doucement la masse et, curieusement, ne leur trouva aucun poids, bien qu'il lui semblât qu'ils touchaient presque le sol. Elle pencha sa tête en arrière vers lui, et soudain la chevelure entière glissa du crâne et resta dans sa main.

Puis, le rêve s'acheva et David ouvrit les yeux. La lueur du jour baignait la chambre. Son réveil sonnerait dans cinq minutes. A travers les fenêtres, il pouvait voir les ramures des arbres briller au soleil.

Le souvenir de la chevelure de Mirella imprégnait encore la paume de sa main. Il était content d'être réveillé, mais il avait l'impression de ne pas avoir dormi. La présence ne l'avait pas quitté de la nuit, l'accompagnant dans son sommeil comme un invisible garde du corps.

D'ailleurs, elle se trouvait toujours là, plus forte que jamais. *Eh bien, le feras-tu ? Le feras-tu ?*

« Je n'ai pas le choix ! s'exclama-t-il en rejetant les couvertures. D'accord ! »

La tension qu'il avait ressentie autour de lui se

relâcha, comme si son escorte nocturne se retirait lentement sur la pointe des pieds. Quand il revint de la douche, elle avait disparu complètement.

Comme prévu, Janet resta encore chez elle le mardi. Le bruit courait qu'elle avait été hospitalisée, et les élèves de sa classe interrogèrent les jumeaux à son sujet. Ils leur répondirent d'un air grave qu'elle était encore très malade. Ils sentaient qu'il leur faudrait agir vite, car ils ne pourraient dissimuler plus longtemps la guérison. Ils étaient à la fois soulagés et inquiets à l'idée de passer à l'action le jour même.

A mesure que la journée avançait, les images de son rêve de la nuit revenaient à David. En proie à une grande tension mêlée d'un sentiment d'irréalité, il continua de jouer son rôle d'amoureux transi auprès de Mirella. Elle était ravissante, dans un style bohème, avec un jean et un chandail trop grand. Ses cheveux, son teint, ses yeux avaient toujours cet éclat incomparable, et elle ne quittait pas David, ne perdant jamais une occasion de se blottir contre lui. Mais chaque fois qu'il prenait sa main, son rêve lui revenait.

Il souriait à Mirella, mais son cœur était un tambour scandant une marche funèbre.

De plus ses camarades désapprouvaient sa conduite : comment pouvait-il flirter avec Mirella, alors que Janet était au plus mal ? David sentait le mépris monter autour de lui. Janet lui manquait. Il avait réellement besoin de son intelligence, de son humour et de sa perspicacité. Il se souvint de leur conversation auprès du ruisseau. Ce jour-là, il avait su que Janet était faite pour lui.

L'heure du déjeuner arriva. Il devait tenir compagnie à Mirella, mais Diane les rejoignit, et l'épreuve fut moins pénible.

Après le repas, les cours se succédèrent sans qu'il s'en rendît compte, puis ce fut l'heure de la sortie, l'heure H. « Tout cela est réel ? » se demanda-t-il, tandis qu'il attendait Mirella dans la cour. Quand il la vit descendre les marches du collège et venir à sa rencontre, il se sentit pris au piège en même temps qu'une grande fatigue l'envahissait. Ce qu'il allait devoir accomplir lui parut soudain inconcevable. Il aurait aimé plonger sa tête dans une bassine remplie de l'infusion aux herbes, afin de reprendre des forces, mais ils avaient décidé qu'il serait trop risqué d'en apporter de nouveau au collège. Il allait devoir agir en ne comptant que sur lui-même.

Elle vint près de lui, glissa son bras sous le sien.

« Quel bel après-midi ! lui souffla-t-elle. Où allons-nous ? » Elle lui donna ses livres à porter.

« Oh, je ne sais pas, répondit-il. Vers la colline, peut-être. »

Se forçant à paraître le plus naturel et le plus spontané possible, il quitta l'allée du collège pour couper à travers la grande pelouse qui séparait les bâtiments de la route.

Le temps était radieux. Le ciel sans nuage. Les oiseaux chantaient et l'herbe émeraude étincelait au soleil. David avait envie d'ôter ses chaussures. C'est en tout cas ce qu'il aurait fait s'il avait été en compagnie de Janet.

Il regarda Mirella. Elle marchait avec peine, comme si la sensation de l'herbe lui était désagréable. Pourtant, c'était excitant d'être seuls tous les deux, avec sa chevelure éclatante et ses joues au contour si délicat à portée de la main. Son pouls battait plus vite. David se sentit troublé.

Quand ils parvinrent sur la route, Mirella sauta le fossé qui la séparait de la chaussée, visiblement soulagée de retrouver le macadam sous ses pieds.

« C'est si bon d'être avec toi ! David, dit-elle en lui prenant la main. J'ai beaucoup de mal à communiquer avec les autres. Personne ne semble m'aimer. Tu es le seul ami que j'aie.

— Ce n'est pas vrai, Mirella, dit David. Tout le monde t'aime. Diane, Annie, Ronnie, Ed, et bien d'autres.

— Oui, mais avec eux, tout est banal. Ils me saluent, me sourient, et ça s'arrête là. J'ai l'impression qu'ils ne me font pas confiance. »

Elle parlait si bas, qu'il dut se pencher pour entendre ses paroles.

« Mais ce qui me fait le plus mal, reprit-elle, c'est la façon dont Janet me traite. Elle me *hait.* »

« Que suis-je censé répondre à cela ? » se demanda David.

« Oui, elle me hait, reprit Mirella. J'ai pourtant essayé de m'en faire une amie », ajouta-t-elle d'une voix tremblante d'émotion.

« Oh, s'il te plaît, ne pleure pas ! songea David brusquement désarmé. Je ne pourrais peut-être pas le supporter. »

« On dirait qu'elle a peur de moi. Sais-tu ce qui s'est passé hier ? Je savais qu'elle était malade et je lui ai apporté des fleurs. C'est sa sœur qui m'a ouvert la porte et elle m'a dit que le médecin lui avait interdit les visites. Et qu'il était inutile que je revienne. Elle ne m'a même pas invitée à entrer.

— Hum ! » fit David.

Ils avaient déjà parcouru près d'un kilomètre. Sans l'interrompre, David entraîna Mirella vers un chemin qui montait en direction de la colline.

« Elle a pris les fleurs pour Janet mais, en partant, j'ai longé la route qui fait le tour de leur maison et j'ai aperçu Janet dans la cuisine. Elle était assise et n'avait pas du tout l'air malade.

— Tu sais, je crois que le médecin interdit les visites parce qu'on ne sait si son mal est contagieux ou non, dit David.

— Oh ? C'est possible, en effet. Mais dans ce cas sa sœur aurait pu me le dire. D'ailleurs je l'ai vue entrer dans la cuisine, montrer les fleurs en faisant la grimace, et Janet a détourné la tête. » La voix de Mirella tremblait de dépit. « Et puis j'ai vu la petite sortir et les jeter dans la poubelle.

— Non ? s'exclama David, faussement indigné. Ce n'est pas possible, Mirella. Janet ne ferait pas une chose pareille.

— Pourtant c'est ce qu'elle a fait », murmura-t-elle. Elle baissa la tête et se mit à pleurer.

David était confondu. Il n'avait jamais vu Mirella aussi émue. Comme elle était vulnérable sous son apparente assurance.

« Toute ma vie, les gens ont été hostiles envers moi. Ce n'est pas faute d'avoir essayé de m'en faire des amis. Mais je me suis toujours retrouvée seule. Tu es le premier à s'être montré aimable et à essayer de me comprendre. »

David sentit son cœur se déchirer. Il eut soudain envie de la serrer contre lui, de l'embrasser, de la réconforter et de lui faire oublier chaque douleur qu'elle avait pu endurer.

L'ombre s'allongeait dans les champs. Quelque part dans les bois une grive entonnait son chant du soir. Le soleil virait à l'orange. David prit Mirella par la taille et continua de marcher.

Ils avaient presque atteint le sommet de la colline. Ils grimpèrent encore un peu, mais quand elle vit ce qu'il y avait devant eux, elle hésita.

« Qu'est-ce que c'est ? » murmura-t-elle, à la vue du petit mur de pierre, de la vieille grille de fer forgé, et du chaos de pierres tombales qui se dressaient au-delà.

— C'est un vieux cimetière, dit David. La plupart des tombes datent d'avant la guerre d'Indépendance. Attends, mes livres me gênent. » Il les posa sur le muret. « On les reprendra plus tard. Viens, je vais te faire visiter. »

Mirella s'agrippa à son bras et refusa d'avancer.

« Tu n'as pas peur, dis-moi ? demanda-t-il avec une tendresse qui n'était pas feinte, cette fois. Tu sais bien que je te protégerai.

— C'est vrai ? s'écria-t-elle dans un sanglot. Oh ! David, je me sens si seule ! »

Il passa son bras autour de sa taille. Elle se serra contre lui avec une force étonnante. Son épaule était dure comme de la pierre.

Ils se mirent à avancer lentement parmi les tombes. Les herbes leur frottaient les jambes. Mirella frissonnait à leur contact, mais c'était peut-être parce qu'elles étaient humides de rosée.

La grive chanteuse lançait ses trilles, puis se taisait, et recommençait en y ajoutant des variations. Mirella se pressait contre David, et son bras autour de sa taille était aussi rigide qu'un crochet de fer. Etait-ce lui qui la guidait ou le contraire ? Ils se dirigèrent vers un coin du cimetière où deux tombes identiques se tenaient côte à côte, leurs deux pierres penchées l'une vers l'autre. Leurs dalles étaient maculées de lichens aux reflets gris-bleu.

« Voilà les pierres que je voulais te montrer, dit David d'une voix légèrement tremblante. Elles sont très anciennes. On distingue à peine leurs inscriptions. »

Mais Mirella sanglotait tellement qu'il pensa qu'elle ne l'avait pas entendu. Soudain, il fut pris d'une grande pitié pour la jeune fille, et ses yeux se remplirent de larmes. Une voix familière lui souffla dans l'oreille : « Prends garde », mais il n'y prêta pas attention. Le chagrin de Mirella le submergeait de compassion. Une fille aussi belle, pensait-il, ne devrait jamais être seule. Comment pouvait-on avoir l'idée de la détruire ? Elle avait tant besoin de réconfort, de tendresse et de protection. Il lui offrirait tout cela et lui prouverait qu'elle pouvait avoir confiance en lui.

Ils s'arrêtèrent et se tournèrent l'un vers l'autre. Ils se tenaient juste entre les deux tombes. Le visage de Mirella était pâle et beau comme un gardénia.

« David, murmura-t-elle, tu es le seul qui m'ait jamais aimée. Je t'en prie, ne me quitte pas. Promets-moi. Dis-le, je t'en prie. Tu es tout ce que je possède. Jure-moi que tu ne m'abandonneras jamais. »

Il la prit dans ses bras. Dans sa tête la voix prononça des mots. Mais ils se noyèrent aussitôt dans la vague de tendresse qui montait en lui, aveuglant sa conscience.

Il s'abandonnerait à elle, il la sauverait. Il entrouvrit les lèvres, prêt à en faire le serment. Le visage de Mirella luisait dans la lumière flamboyante du crépuscule. Ses lèvres dessinèrent un sourire radieux : sa peine se muait en joie. Dans les profondeurs de ses yeux, une flamme s'alluma, pâle et tremblante. Elle lui entoura le cou de ses bras.

Il sentit ses mains sur sa tête, ses doigts qui plongeaient dans ses cheveux. Mais pourquoi déployait-elle une force pareille pour attirer son visage vers elle ? Elle devait savoir que son désir de l'embrasser était aussi puissant que le sien....

Elle le serrait si étroitement qu'il pouvait à peine respirer. Sa bouche était là, qui attendait la sienne. Une odeur fade émana soudain d'elle, et il tenta en vain de reculer son visage. Il n'avait plus le choix : il lui fallait écraser ses lèvres sur cette bouche qui s'entrouvrait...

Une masse liquide, tiède et aromatique, s'abattit sur eux. Mirella poussa un rugissement de rage et d'angoisse. De nouveau, ils furent copieusement aspergés, et encore, et encore... Le visage de Mirella se tordit. Elle gémit et parut se briser entre ses mains.

L'arôme de l'infusion arracha brutalement David au mirage d'amour vers lequel il venait de se laisser entraîner. Il s'écarta de quelques pas et vit Mirella lentement disparaître devant lui. Il resta un tas de vieux ossements, datant peut-être de plusieurs siècles.

Figé dans ses vêtements trempés, pétrifié d'horreur, il se demanda s'il serait capable de marcher. Il fit quelques pas. Son équilibre était précaire et pourtant ses forces revenaient. Il regarda autour de lui. Le crépuscule lui parut moins sombre et il s'aperçut que le soleil commençait tout juste à descendre derrière les arbres.

Non loin de là, Diane et Cindy l'observaient. Elles étaient pâles et semblaient hésiter à rompre par un mot la stupeur qui s'était abattue sur cet endroit du cimetière. Un peu plus loin dans les buissons, Amy était sur le point de se trouver mal. Janet la soutenait.

Janet avait tout vu.

Elle avait été témoin de sa honteuse trahison. David se sentit terriblement mal à l'aise. Il ne pouvait soutenir son regard. Il leva les yeux vers le ciel : seul le vide saurait les apaiser comme l'eau fraîche désaltère une gorge brûlante.

« David », appela Diane. Elle vint vers lui, lui posa une couverture sur les épaules et essaya de l'entraîner avec elle : « Viens, David, c'est fini. Tout va bien. Tu as réussi.

— Laisse-moi seul, murmura-t-il.

— Calme-toi. Tiens, bois ça.

— Cette saleté. Je n'en boirai plus un seul verre de ma vie. »

Mais il sentit l'arôme du breuvage et sut que c'était justement ce dont il avait besoin.

Janet vint vers eux d'un pas lent, son bras autour des épaules d'Amy. David détourna les yeux.

Diane remplit deux autres gobelets et les leur tendit. Ils restèrent immobiles, les uns près des autres, à quelques mètres des deux tombes. Personne ne parlait. David gardait obstinément les yeux baissés.

Diane vida son gobelet :

« Il faut aller à la police maintenant », dit-elle.

Mais la police les croirait-elle ?

Ils avaient utilisé quatre seaux remplis d'infusion, n'en gardant qu'un peu au fond de l'un deux, comme preuve.

« Allons-y », pressa Diane.

Ils traversèrent le cimetière et passèrent la grille de fer forgé.

« Attendez, dit soudain David. Mes livres !

— Laisse-les », dit Diane.

Ils descendirent la colline tandis que le soir tombait. Le chant des criquets accompagnait leur marche. Aucun d'eux ne parlait. David se tenait à l'écart de Janet. Il ne pouvait ni la regarder ni la toucher.

Diane avait garé la voiture dans un virage au bord de la route qui menait au cimetière, de façon que ni David ni Mirella ne puissent la voir lorsqu'ils étaient montés par le sentier. Diane s'installa au volant, Amy et Cindy à ses côtés, tandis que David et Janet montaient à l'arrière. Diane mit aussitôt le moteur en marche et démarra en direction de la ville.

Amy rompit le silence :

« Eh bien, tout ce que je peux dire, c'est que je suis contente que cela se soit vraiment passé, et que ça n'ait pas été seulement un rêve. » Elle se tut, avant d'ajouter : « Maintenant je crois que je n'ai plus peur de mourir. »

Janet se pencha vers le dossier du siège avant et caressa la tête de sa sœur :

« Tu te sens bien ?

— Très bien », répondit la fillette.

David frissonna dans ses vêtements mouillés. Il se détestait. Comment pourrait-il regarder de nouveau Janet dans les yeux ? Elle ne faisait aucun mouvement vers lui.

Il voyait les arbres, les pelouses, les maisons et les autres voitures, s'abandonnant doucement à la résignation et à l'amertume. Ils étaient tous silencieux. Puis il vit du coin de l'œil Janet se rapprocher de lui, et il sentit sa main dans ses cheveux, puis sur sa joue. Il eut envie de résister, mais ne le put. Il finit par tourner la tête vers elle et rencontra son regard.

Elle le considéra avec une infinie tendresse et un sourire éclaira ses yeux. David sentit les siens qui se remplissaient de larmes.

« David, dit-elle et il y avait aussi un sourire dans sa voix. Tout va bien. Si tu n'avais pas agi de la sorte, elle t'aurait fui, et nous aurions échoué. »

Elle souriait pleinement maintenant. Elle l'embrassa. Il l'attira contre lui et elle étouffa son rire contre sa poitrine.

« Qu'est-ce qu'il y a de drôle ? » souffla-t-il dans son oreille. Il avait de plus en plus envie de pleurer.

« Je ris, dit-elle, parce que tu es enfin convaincu !

— Mais je l'ai toujours été. »

Janet s'arrêta de rire pour l'embrasser encore. « Je suis fière de toi », murmura-t-elle. David enfouit son visage dans son opulente chevelure. Il se mit à trembler et s'abandonna enfin, tandis qu'elle le berçait comme un enfant dans ses bras.

La voiture ralentit et s'arrêta bientôt dans le parking du poste de police.

« Allez, dit Diane, souhaitons-nous du courage, parce que la nuit sera longue. »

*

* *

Le récit que firent les cinq jeunes gens de leur macabre aventure, soutenu par le journal de Clayton Dexter, eut un effet retentissant sur la ville. Il y eut malgré tout six semaines de recherches, d'interrogatoires, d'enquêtes de toutes sortes. Mais malgré les efforts de chacun, on ne trouva pas la moindre preuve pour confirmer ou infirmer l'incroyable vérité. L'on découvrit par la suite que la tante adoptive de Mirella n'existait pas. Mirella n'avait ni certificat de naissance, ni dossier scolaire, rien qui prouvât une quelconque existence aux yeux de l'état civil. L'expertise d'un médecin légiste prouva en effet que ces ossements retrouvés dans le cimetière dataient de trois siècles.

A la fin, les gens du pays se contentèrent de hocher la tête d'un air incrédule. Comment pouvaient-ils croire l'incroyable ?

*

* *

Par une chaude soirée de juin, alors que les fleurs du jardin embaumaient, les Sperry donnèrent un grand dîner auquel ils convièrent les Gray et Mme Wiggins. Cette dernière offrit à Cindy le portrait de Vera pour la remercier d'avoir su réhabiliter la mémoire des Dexter après tant d'années.

Trois couverts supplémentaires avaient été dressés.

« Tiens, remarqua Mme Gray en entrant dans la salle à manger, mais nous ne sommes que dix.

— Non, répondit Mme Sperry. Ces trois couverts sont pour nos hôtes d'honneur, qui resteront cependant invisibles.

— Bien sûr, dit Mme Gray. J'aurais dû y penser. »

Quand Janet vit le portrait pour la première fois, elle tressaillit de surprise.

« Cette robe rose, dit-elle à David. Je le savais, je savais que c'était Vera que j'avais vue traverser le palier le soir de la fête. »

Au cours de la soirée, elle contempla souvent l'effigie, et à chaque fois elle en éprouva une grande émotion. Vera était là, morte, et pourtant elle lui avait sauvé la vie. Morte, et cependant si forte et si douce, elle semblait leur dire combien elle aurait aimé se joindre à eux pour dîner.

« Oh ! Vera a tout le temps été là, dit Cindy. Je le savais. C'était elle dont je sentais le plus la présence. Je ne pouvais le dire à personne, bien sûr, parce que je me serais fait traiter de folle. »

A la fin du repas, M. Sperry se leva, un verre de cognac à la main, et déclara :

« Je veux porter un toast très particulier à la santé de nos amis invisibles, en les remerciant de nous avoir appris qu'il vaut mieux vivre parmi des esprits qui n'ont pas de corps que parmi des corps qui n'ont aucun esprit.

— A leur santé ! A la santé de Vera, de Cathy et de Clay ! »

Tout le monde leva son verre et trinqua.

Soudain, chacun se tut et suspendit son geste. Alors que M. Gray venait de faire tinter son verre contre les trois autres restés posés sur la table, une petite flamme bleue jaillit dans chacun d'eux, et joua un instant sur l'ambre du liquide.

SPECTRES

Enfin des livres où les pages
claquent des dents.

La série SPECTRES : une série pour les amateurs de sueurs froides et d'émotions violentes, une série qui fait découvrir les phénomènes du surnaturel : prémonitions, télépathie.

POUVOIRS DIABOLIQUES — Dorothy BRENNER FRANCIS

La paupière lourde, Kelly reconnut la tête du toubib. Une fois de plus, un terrible flash durant son sommeil : son amie Bonnie assassinée à des milliers de kilomètres, et ce rire odieux qui revenait sans cesse. Elle savait qu'un jour, ce rire aurait un visage.

SOMMEIL DE MORT — Dale COWAN

Jennie était partie pour faire le tour du cadran.
Confort total!... mais voilà! dans le couloir le plancher craque... juste là derrière sa porte!
Effrayée, Jennie songea à la prière accrochée au-dessus de son lit :

> "Des vampires et des fantômes,
> des bêtes aux pattes velues
> et des créatures qui rôdent dans la nuit
> Délivrez-nous, Seigneur."

Jennie espérait vivre en Écosse un été pas comme les autres.
Elle n'allait pas être déçue!

VOIX DANS LA NUIT James HAYNES

Une fois de plus, venant de l'écurie, la voix rauque déchira la nuit.
Tremblant de tout son corps, Christie agrippa le bord de son lit.
Elle devait lutter, résister de toutes ses forces.
Sans le savoir, Christie avait taquiné un vieux démon qui en écrasait depuis des siècles.
Il cherchait maintenant à lui faire partager son monde : les ténèbres !

A PARAITRE : *Pacte inavouable*
Roses rouge sang
L'Ombre de l'arbre mort
Soif de vengeance

SPECTRES

LA CHANSON DE LAURIE Suzanne RAND

"J'ai carrément piqué un fard quand Skip, la coqueluche du lycée, m'a proposé de prendre un pot. Il écrivait des textes pour son groupe de rock. Je lui proposai un coup de main. Il me brancha sur le couplet sur lequel il ramait. Les mots jaillirent de ma bouche... au feeling! Bluffé le play-boy! Dès cet instant je n'avais plus qu'une idée : chanter en duo avec lui."

Patience! Les mois prochains, dans la série SWEET DREAMS :

La Fille aux yeux verts
Cover-girl
La Nuit du campus
La Fille de Californie
...et d'autres encore.

Sweet Dreams

IMPRIMÉ EN FRANCE PAR BRODARD ET TAUPIN
58, rue Jean Bleuzen - Vanves - Usine de La Flèche, 72200
Loi n° 49-956 du 16 juillet 1949 sur les publications destinées à la jeunesse.
Dépôt : avril 1985.